novum ⬛ pro

AF239003

Astrid F. Schneider

Liebeslabyrinth

Irrwege des Glücks

Bewegende Kurzgeschichten

novum  pro

Dieses Buch ist auch als
e-book
erhältlich.

www.novumverlag.com

Bibliografische Information
der Deutschen Nationalbibliothek:

Die Deutsche Nationalbibliothek
verzeichnet diese Publikation in
der Deutschen Nationalbibliografie.
Detaillierte bibliografische Daten
sind im Internet über
http://www.d-nb.de abrufbar.

Gedruckt in der Europäischen Union
auf umweltfreundlichem, chlor- und
säurefrei gebleichtem Papier.

© 2024 novum Verlag

ISBN 978-3-99146-795-3
Lektorat: Mag. Birgit Amon
Umschlagabbildungen: Usman Ali,
Vtorous | Dreamstime.com
Umschlaggestaltung, Layout & Satz:
novum Verlag
Autorenfoto: Astrid F. Schneider

www.novumverlag.com

Druckprodukt mit finanziellem
Klimabeitrag
ClimatePartner.com/16547-2311-1001

Inhaltsverzeichnis

Namen und Plätze sind frei erfunden, die ausgewählten
Probleme sind universell. Alle Ähnlichkeiten mit
lebenden oder toten Personen sind zufällig und
von der Autorin nicht beabsichtigt.

Vorwort

Liebe Leserinnen und Leser,

mit großer Freude stelle ich dir dieses Buch vor – und lade dich ein in die bunte Welt der Irrwege des Glücks.

Kurzgeschichten sind seit jeher Quellen der Inspiration und Unterhaltung. Sie haben die einzigartige Fähigkeit, uns in ferne Länder und vergangene Zeiten zu entführen, während sie uns zeitlose Lektionen über das Leben und die menschliche Natur vermitteln. In diesem Buch habe ich Geschichten erschaffen, die die Essenz und den Charme der Persönlichkeitsentwicklung enthalten.

Sie erzählen von Herausforderungen, von besonderen Orten und von mutigen Entscheidungen, von der Stärke des Herzens, von der Bedeutung der Freundschaft und von der Kraft der Liebe.

Während du dich von Geschichte zu Geschichte bewegst, wirst du Lebenswege entdecken, die mit Überraschungen gepflastert sind. Du wirst dich in malerischen und futuristischen Landschaften wiederfinden und an abenteuerlichen Ereignissen teilhaben, die dir die Möglichkeit geben, die Welt mit neuen Augen zu sehen.

Diese Kurzgeschichten sind dazu gedacht, den Geist zu entzünden, deine Fantasie zu beflügeln und dich auf eine Reise mitzunehmen, die dich bereichern wird. Jede Geschichte ist ein eigenes kleines Universum, das es zu erkunden gilt – mit all seinen Geheimnissen, Wundern und unvergesslichen Momenten.

Ich würde mich sehr freuen, wenn du in diesen Seiten sowohl Entspannung als auch Inspiration findest. Lass dich in deinen Lieblingslesesessel sinken und tauche ein in „Liebeslabyrinth – Irrwege des Glücks – Bewegende Kurzgeschichten". Viel Freude beim Lesen!

Herzlichst,
Astrid F. Schneider

Alina und das Robbenbaby

Ich liebe es, nach Feierabend für einen Moment auf dem Deich zu sitzen, die salzige Seeluft einzuatmen und den kleinen, weißen Segelbooten am Horizont zuzusehen. Manchmal kommt Sven dazu, der Chef der Seehundstation, die direkt hinter meinem Strandkorbverleih liegt. Sven ist wie ein Lieblingspulli. Er umhüllt mich mit seiner Wärme und gibt mir Geborgenheit und auch wenn er nach all den Jahren eigentlich in die Altkleidersammlung gehörte, könnte ich mich jedoch nie von ihm trennen.

Ein Segelboot am Horizont wird immer größer und ich erkenne Hinnerks lustige Seeräuberflagge.

„Na, Alina, schaust du wieder dem Piraten zu?", fragt mich ein Passant.

Ich fühle mich ertappt, Hitze krabbelt langsam meine Wangen hoch und bringt sie zum Glühen. Seit einer Ewigkeit bin ich in Hinnerk verliebt.

„Ja, um diese Uhrzeit hat Hinnerk Schnuppersegler an Bord." Verträumt male ich mit einem Stock Kreise in den Sand. „Ich kenne den Fahrplan der Calypso." Ich wende mich wieder dem Segelboot zu. Ich habe immer die gleiche Vision: Hinnerk und ich segeln mit unseren zwei Kindern in die Abendsonne hinein. Wie gerne hätte ich wieder eine Familie, an meine kann ich mich kaum erinnern.

„Und wann gehst du mal mit ihm segeln?"

Darauf will ich eigentlich gar nicht antworten, trotzdem drehe ich mich zu ihm um: „Ich würde ja gerne, aber man geht doch nicht segeln, wenn man nicht schwimmen kann!"

Plötzlich zieht ein kleiner Tumult unten am Wasser meine Aufmerksamkeit auf sich. Ich stehe auf, um besser sehen zu können.

„Alina, Hilfe, schnell, da ist ein Robbenbaby gestrandet." Zwei Nachbarmädchen aus unserem Ort rennen auf mich zu, nehmen meine Hände und ziehen mich runter an den Strand.

„Na dann los …" Entschuldigend drehe ich mich nochmal um, dankbar für das Ende dieser Schwafelei. Das heisere Heulen des Robbenbabys klingt erschöpft und herzzerreißend. Es liegt allein auf der Sandbank und scheint seine Mutter verloren zu haben. Der Priel ist noch viel zu voll und ich weiß, er würde mir die Füße wegreißen und mein Leben gleich mit. Die schrecklichen Bilder von damals habe ich immer wieder vor Augen und manchmal träume ich noch davon.

„Alina, bitte mach was, sonst wird es sterben!" Die beiden Mädchen fangen leise an zu weinen.

„Warum seid ihr denn nicht gleich zu Sven gelaufen?"

„Der ist nicht da! Warum kannst du es nicht einfach holen, es ist doch nicht weit durch den Priel!"

„Weil ich nicht schwimmen kann", schreit es aus mir heraus. Ich will sie nicht anbrüllen, aber nun ist es zu spät. Die Tränen kullern. Ich knie mich runter zu den beiden und versuche, sie zu trösten.

„Wisst ihr was, ich laufe schnell hoch und versuche, Sven auf dem Handy zu erreichen, dann ist er bestimmt gleich hier. Also ihr passt auf, was der Heuler macht und ich bin gleich wieder da, aber ihr müsst mir versprechen, dass ihr nicht in den Priel steigt."

„Versprochen", sie nehmen sich an die Hand, „wir können doch auch nicht schwimmen!"

Süß, die beiden, mit meinem Ärmel wische ich ihnen noch schnell die Tränen weg und mir auch, dann renne ich hoch.

„Seehundstation Dangast, wie kann ich helfen?" Svens Stimme ist samtig und beruhigt mich sofort.

„Sven, ich bin's Alina."

„Fass dich kurz du kleine Strandkorbamazone, wir stecken mitten in einer Rettungsaktion."

Kleine Strandkorbamazone! Das sagt er immer und irgendwie fühle ich mich geschmeichelt. Ich weiß, dass er mich mag, sehr sogar, aber obwohl ich große Männer mag, ist Sven einfach nicht mein Typ.

„Wir haben ein verlassenes Robbenbaby auf der Sandbank bei Strandkorb 19."

„Ok, geh zurück und behalte es im Auge, ich komme, so schnell ich kann, aber es wird noch ein Weilchen dauern."

Ich gehe zurück an den Strand, nehme die beiden Mädchen in die Arme und setze mich mit ihnen in den Sand.

„Sven hat gesagt, wir sollen aufpassen."

„Ok", die beiden nicken, „aber wir müssen gleich nach Hause, es ist schon fast sechs."

„Na gut, dann warte ich allein auf Sven. Ich schaffe das schon!", ermutige ich die zwei. Beruhigt laufen sie davon. Ich starre auf den Heuler, ganz allein auf der Sandbank, sein Schicksal und meines irgendwie miteinander verwoben. Das Heulen wird immer verzweifelter oder sind es meine Gefühle? Ich will helfen, aber ich kann nicht. Ich gehe zum Wasser. Der Priel ist immer noch tief. Ich habe mich noch nie gefragt, warum die Nordsee braun ist und das Wasser bei Ebbe und Flut in den Adern des Wattenmeers glasklar. Aber heute beschäftigt mich diese trügerische Klarheit irgendwie. Sie ist wie meine heimliche Liebe zu Hinnerk, im Grunde klar. Wie kann man etwas so lieben, vor dem man gleichzeitig so viel Angst hat? Wenn ich nicht so einen Respekt vor der See hätte, würde ich jetzt auf Hinnerks Boot sitzen, unsere gemeinsamen Kinder in den Armen halten und unser Familienglück genießen. Meine Hilflosigkeit macht mich wütend. Ich fühle den Sand unter mir. Mit meinen Füßen scharre ich kleine Kuhlen in den Strand, aber das beruhigt mich nicht, im Gegenteil. Ein kühles, klammes Nass habe ich freigelegt, es zieht durch meine Jeans und langsam meine Hosenbeine hinauf.

„Alina, da bist du ja!"

Sven wirft seine Hand aus, wie einen Anker. Mit einer Drehung aus dem Oberkörper holt er aus und beugt sich nach vorne. Ich klammer mich an ihn und lasse mich von ihm hochziehen.

„Wenn das Seehundbaby nicht überlebt, verzeihe ich es mir nie! Ich muss endlich schwimmen lernen."

Sven nimmt mich in die Arme, streicht mir eine Strähne aus dem Gesicht und sagt:

„Das hättest du schon längst tun sollen!" Er schaut sich um. „Aber selbst gute Schwimmer kommen jetzt noch nicht da durch, wir tun, was wir können. Nur noch ein paar Minuten dann kann es losgehen."

„Dann ist es zu spät!", maule ich.

„Alina, Sicherheit geht vor. Außerdem muss ich noch einen Transportkorb holen."

„Den hast du nicht dabei? Ich habe dir doch gesagt, dass wir ein Robbenbaby retten müssen! Wir verlieren kostbare Zeit, die wir nicht haben!" Ich kann meine Enttäuschung nicht verbergen. Mit langen Schritten und einem: „Ich beeile mich!" verschwindet Sven hinter dem Deich. Seine Rückkehr dauert viel zu lange. Als er endlich mit dem Korb erscheint, ist das Heulen schon sehr schwach.

„Ich versuche, das Robbenbaby so herüberzubringen, dann legen wir es in den Korb und tragen es zusammen zur Seehundstation, ok?"

Ich kriege nur ein resigniertes „Ok" raus.

Als Sven mir den kleinen Heuler endlich in die Arme legt, um den Plastikmüll, in dem er sich verheddert hat, loszuschneiden, blicke ich in diese süßen Knopfaugen. Sie sehen traurig und erschöpft aus. Wir gehen zur Seehundstation, flößen dem Kleinen Wasser ein und versorgen ihn, so gut wir können. Mir ist kalt.

„Du hast ja ganz blaue Lippen!" Svens besorgter Blick trifft auf meinen.

„Du auch!", sage ich und beobachte, wie Sven ein Holzscheit in den Bollerofen legt, dann stellt er einen Topf Wasser auf.

„Du musst aus den nassen Sachen raus! Du kannst dir auch die kuscheligste Decke aussuchen. Wir hängen die Klamotten zum Trocknen auf und ich mache uns einen ordentlichen Grog." Grinsend reicht er mir zwei Kunstpelzdecken und widmet sich seinem Spezialrezept.

Zu müde und zu kalt zum Diskutieren, tue ich, was er sagt.

„Der Grog ist wunderbar!", fährt es aus mir heraus. „Das ist nicht nur Zuckerwasser mit Rum und Zitrone, da ist noch was anderes drin! Was ist denn die geheime Zutat? Schmeckt megalecker! Kriege ich noch einen?"

„Nicht so schnell! Der ist ganz schön stark geworden."

„Sven, bitte!" Ich reiche ihm meinen Becher. „Mir ist immer noch kalt. Dein Gebräu tut wirklich gut."

„Na dann, auf deine Verantwortung!" Sven schenkt uns noch mal ein und kuschelt sich an mich, um mich aufzuwärmen. Ich will diese innere Wärme spüren und trinke meinen Grog mit gierigen Schlucken leer.

„Warum hast du so eine Angst vor Wasser, was ist damals eigentlich passiert?", fragt er.

Ich halte ihm meinen Becher entgegen: „Fusel gegen Vergangenheit."

Svens Neugier siegt über sein sonst so vernünftiges Ich. Ich spüre wie der Alkohol und die Wärme Wirkung zeigen, meine Ohren sind ganz heiß und mein Kopf ist leicht benebelt.

„Also, es war einmal ..." Ich mache eine Pause, um mich zu konzentrieren. Die Bilder vor meinem inneren Auge sind verschwommen. Ich sehe meine Mutter, wie sie zu mir auf die Sandbank kommen will, um mich zu retten, aber der Priel reißt ihr die Füße weg. Ihre Hilfeschreie, schrill und laut, klingen an mein Ohr. Ich will es Sven erzählen, aber ich bringe kein Wort heraus. Ich nehme den letzten Schluck und fange an zu zittern.

„Ich ... ich brauche noch einen!"

„Ich setze noch einen Pott an", sagt Sven und versucht, mich zu beruhigen, „und ich schaue noch schnell nach unserem kleinen Heuler. Bin gleich wieder da."

Unter der zweiten Decke, die er mir um meine Schultern legt, wird mir endlich warm und die Anspannung verwandelt sich in Müdigkeit und Trauer. Die Erinnerungen tun immer noch weh. In weiter Ferne höre ich das Brüllen meines Vaters und sehe seinen zerrissenen Blick, der abwechselnd mich und meine Mutter scannt: „Eva, nicht dagegen anschwimmen, lass dich treiben, bin gleich bei dir!" Aber meine Mutter kann ihn nicht hören. Sie strampelt in totaler Panik. Ich hingegen spüre eine feste Umarmung und klammere mich an die starken Arme, die mich jetzt umschließen.

„Meine kleine Alina, ich liebe dich so."

„Halt mich fest", flehe ich ihn an. Sicherheit und Geborgenheit hüllen mich ein. „Bitte nicht loslassen!" Dieser seltsame

Wachtraum schwindet, aber die starken Arme bleiben. Svens Stimme wird immer deutlicher.

„Ich höre es brodeln, wenn ich jetzt nicht gehe, kocht es über."

„Entschuldigung!" Verdutzt lasse ich Sven los. „Entschuldige, ich glaube, das war alles ein bisschen viel heute." Verlegen klammere ich mich an den leeren Becher. „Wie geht es dem Robbenbaby?" Svens Augen verraten schon die Antwort. „Ich weiß nicht, ob es durchkommt."

Ich fange an, zu wimmern und Sven versucht, mich mit einem weiteren Grog zu trösten. Seine Nähe tut einfach nur gut, er ist so lieb und er fängt an, mich zu streicheln. Irgendetwas in meinem Hirn ist plötzlich freigeschaltet, ich lasse mich auf seine Berührungen ein. Seine Hände begehren mich, Hitze steigt in mir auf, ich streichle zurück. Durch die kleine Luke im Bollerofen tanzt ein warmes Licht und verbreitet dieses romantische Halbdunkel und Flackern im Raum. Unsere Schatten an der Wand verschmelzen. Wir lieben uns, als wäre es das Natürlichste auf der Welt, zärtliche Momente und pure Gier wechseln sich ab. Sein letztes Aufbäumen schickt Wellen der Lust durch meinen Körper. Völlig erschöpft schlafen wir ein.

Als ich aufwache, steht Sven in der Tür, die Unterarme hochgestreckt und an den Rahmen gelehnt. Sein durchtrainierter Oberkörper ist eine Augenweide, obwohl sich eine lange Narbe quer über seine Brust zieht. Die offene Jeans könnte gewollt sein, aber ich sehe, dass ein Knopf fehlt. Er schaut auf den Boden.

„Sven, was ist los?"

Er blickt hoch und hat Tränen in den Augen. „Das Robbenbaby, es hat, ich meine, es ist …"

„Nein!", ich stehe auf, „Nein, nein, nein!", und trommle mit meinen Fäusten auf seinen Brustkorb ein. Er lässt es geschehen. Plötzlich greift er meine Hände, lässt sie wieder los und schnappt sich mein Gesicht, er will mein Geheule mit Küssen ersticken, aber ich kann das nicht. Es ist seine Schuld, dass das Robbenbaby nicht überlebt hat.

„Die ganze Rettungsaktion hat viel zu lange gedauert", brülle ich ihn an, während ich mich anziehe. Eigentlich muss ich mir eingestehen, genauso viel Schuld am Tod des Heulers zu haben. Auf dem Weg nach Hause beschließe ich, endlich einen Schwimmkurs zu machen, die Grundvoraussetzung für einen Segelkurs bei Hinnerk. Mein Handy klingelt in einer Tour. Entschuldigungen und Nachrichten von Sven: Bitte melde dich. Du hast alles Recht der Welt, sauer auf mich zu sein, und meine kleine Alina, ich liebe dich so.

Das habe ich doch schon mal irgendwo gehört. Meine Gefühle spielen verrückt. Das war Svens Stimme. Hatte er das wirklich gesagt? Svens Anrufe werden schon verebben, mit der Zeit. Erst Schwimmkurs, dann Segeln mit Hinnerk, mein Entschluss steht fest.

Wochen später wage ich mich endlich zu Hinnerk. Er sitzt in seinem Büro auf der Calypso. Die ist sein Ein und Alles, hier arbeitet er und hier wohnt er auch.

„Alina, das ist ja eine Überraschung! Eigentlich gibt es hier ja ein striktes Zutrittsverbot für Sirenen ..." Lachend mustert er mich von Kopf bis Fuß. Dann schält er sich aus seinem Sessel und kommt auf mich zu. Seine Umarmung dauert einen Moment zu lang und er ist mir einen Tick zu nah. Als er die Umarmung löst, streift er wie zufällig meine Brust und schnurrt dabei wie ein alter Kater. „Hinnerk", als ich Luft hole, unterbricht er mich.

„Ja, Schätzchen?" Er kniept ganz leicht die Augen zusammen, sein Blick geht durch und durch und verschlägt mir fast die Sprache.

„Ich möchte einen Segelkurs bei dir machen." Raus ist es, verlegen schaue ich ihn an.

„Ok, Pübbi", ein süffisantes Grinsen zieht sich von einem Ohr zum anderen und dieser Blick ist auch wieder da. „Dann machen wir mal einen Seetauglichkeitstest."

Kaum, dass er das ausgesprochen hat, macht er die Leinen los. Wir sind auf See. Nur wir beide. Davon habe ich so lange geträumt. Ich muss Leinen abtakeln und lerne, wie sie richtig verstaut werden, steuern darf ich auch. „Steuerbord, Backbord", Hinnerk kommandiert mich herum. Wie im kitschigsten Liebesfilm steht er ganz dicht hinter mir und greift über meine Schultern auf meine Hände. „Da vorne ankern wir und genießen die Sonne", sagt er und gibt mir einen heißen Kuss in die Halsbeuge. Ob er wirklich nur die Sonne genießen will? Egal! Was immer er vor hat, ich lasse es geschehen …

„Der sitzt!" Mit ein paar professionellen Manövern liegt die Calypso in Strandnähe am Anker. Die beginnende Abendsonne taucht langsam alles in ein unwirkliches Licht. „Und jetzt zu dir, Schätzchen." Mein Herz schlägt bis zum Hals und Hinnerk nimmt sich, was er will. Hart und unromantisch fickt er einfach drauflos. Binnen drei Minuten ist alles erledigt und er schläft ein. Ich fühle mich wie ein Feudel, dreckig und benutzt. Auf Hinnerks Handy erleuchtet eine Nachricht nach der anderen. Ich schnappe es mir und fange an zu lesen, auch wenn ich nur selektiv wahrnehme:

Letzte Nacht, geil, segel in meinen Lusthafen. Bing! Ein Nacktbild von einer Frau mit großen Brüsten, einem Kilo Schminke im Gesicht und rot gefärbten Haaren. Mir wird schlecht.

Hinnerk liegt nackt in seiner Koje, ich betrachte ihn, das erste Mal in meinem Leben, so wie er ist. Was hatte ich denn in ihm gesehen? Mein Instinkt schreit: „Renn", und, „weg von hier, ganz weit!" Aber wie? Ich springe und schwimme. Das Wasser ist kalt, es ist Ende September! Ich schwimme schneller. Der Strand schien so nah und jetzt komme ich nicht vom Fleck. Ich schwimme gegen die Strömung an und gegen alles, was in mir hochsteigt, Wut auf mich selbst, Scham und besonders gegen das Alleinsein. Ich sehne mich nach Sven. Meine Kräfte schwinden.

Jemand zieht mein Augenlid auf und leuchtet hinein. Der weiße Kittel blendet mich. Ich bekomme Panik. „Wo bin ich?"

„Alina, alles ist gut. Du kleine Strandkorbamazone, du hast mir einen Riesenschreck eingejagt. Du bist im Krankenhaus." Svens Stimme ist mein Fels in der Brandung. Er hält meine Hand und ist einfach da, immer wenn ich ihn brauche. Ein Arzt beugt sich über mich, fühlt noch kurz meine Stirn und sagt: „Sie beide brauchen einfach ein paar Tage Bettruhe, um sich von Ihrem Schwimmabenteuer zu erholen."

„Was meinen Sie mit beide?" Schon ist der Mann in weiß wieder weg.

„Alina, du bist schwanger. Neunte Woche, hat er gesagt." Svens Augen sind voller Liebe, meine bestimmt auch, denn eins ist klar:

„Wir sind schwanger. Wir!"

Die rote Rose

Prolog

Ihre erschrockenen Gesichter signalisieren Betroffenheit oder ist es Boshaftigkeit?

Ich höre sie tuscheln:

„Hast du das gesehen?"

„Wie kann das passieren? Ist das Loch nicht groß genug?"

„Das ist ein Zeichen!"

„Hätte sie eine weiße Rose genommen, die wären reingefallen."

„Was soll das heißen?"

„Sie kann einfach nicht werfen!"

Nach dem dritten Versuch gebe ich auf. Traurig und verzweifelt schaue ich auf die rote Rose, die einfach nicht zur Urne ins Grab fallen will. Das Loch ist groß genug, ich stehe direkt davor, strecke die Hand aus und meine Rose fällt daneben, wieder und wieder. Ich schäme mich und lasse meinen Tränen freien Lauf. Ich spüre, wie sie geräuschlos aus meinen Lidern schwellen und durch das Make-up Schlieren auf meinen Wangen ziehen. Ich kann mich nicht bewegen, nicht sprechen und habe das Gefühl, ein stoffloser Beobachter dieser grotesken Situation zu sein. Wie aus einer anderen Welt hallen immer lauter werdende Geräusche an mein Ohr. Erst das Knirschen der kleinen Schaufel, dann das Prasseln von Sand und Steinchen auf der Urne. Knirschen und Prasseln wechseln sich ab.

Die wiederkehrenden Worte:

„Mein herzliches Beileid", und das endlose Händeschütteln holen mich nach und nach aus meiner Schockstarre. Trotzdem stehe ich irgendwie immer noch neben mir. Mittlerweile bin ich allein, die Urne ist unter dem Sand verschwunden, nur noch der kleine Haufen Erde und die rote Rose neben meinen Füßen erinnern an sein Leben. Der Grabstein ist in Arbeit und meine Gedanken kreisen.

Was, wenn sie Recht haben? Welche Blume hätte ich nehmen sollen? Roman wusste, dass ich ihn nicht geliebt hatte, nicht so, wie er sich das gewünscht hatte. Einfach nur füreinander da sein, ist das nicht auch Liebe?

„Falsche Entscheidungen machen ohnmächtig", höre ich ihn immer noch sagen. Heute empfinde ich genau das und wenn ich es mir recht überlege, dann machen falsche Entscheidungen nicht nur ohnmächtig, sondern auch traurig. Mich zu heiraten, war definitiv die falsche Entscheidung.

Die rote Rose

Ich weiß noch wie heute, wie alles begann. Ich war seit achtzehn Jahren allein. Hin und wieder gab es einen Mann, der mein Interesse geweckt hatte, mich umgarnte und mich in eine Beziehung locken wollte, aber ich liebte meine Freiheit. Romans Frau war neun Jahre zuvor verstorben.

Die wöchentlichen Kegelabende gaben uns Spaß, Halt und vertrieben die Einsamkeit des Singledaseins. Roman brachte mir jede Woche eine Blume aus seiner alten Gärtnerei mit.

„Was ist das denn schon wieder für ein Kraut?", fragte ich dann.

„Google es", war seine Antwort. „Du weißt doch, ich lasse gerne die Blumen sprechen."

„Roman, ich google nicht! Ich erfreue mich einfach nur an deinem Grünzeug, den wunderbaren Farben und Formen oder dem Duft, ich weiß ja, dass es jede Woche eine neue gibt." Wie immer bedankte ich mich mit einem Küsschen.

Ein paar Kegelabende später gestand Roman in bester Bierlaune der gesamten Gruppe, wie sehr er mich mochte und dass er mich eigentlich schon lange liebte.

„Zieht zusammen!"

„Ihr seid so ein schönes Paar."

„Ihr habt nichts zu verlieren, auf was wartet ihr?"

Seltsam, seine Zuneigung war mir zwar aufgefallen, aber dass das mehr hätte sein können, kam mir nicht in den Sinn.

Ich liebte meine Freiheit, meine kleine Wohnung und natürlich meine Ordnung. Ganz tief in meinem Herzen sehnte ich mich zwar nach Liebe und Zweisamkeit, aber ich hatte auch Angst vor Abhängigkeiten. Nach all den Enttäuschungen, war ich da überhaupt noch bereit für eine neue Liebe?

„Thalia, ich liebe dich!" Er kam mir unheimlich nah und hatte mir dabei so tief in die Augen gesehen, dass ich das Gefühl nicht loswurde, er wolle in meine Seele blicken. Seine warmen Hände hatten meine gepackt und so doll festgehalten, dass sie Abdrücke hinterließen. Er roch nach einem Mix aus frischer Bügelwäsche und altem Bier, presste mir einen Kuss auf den Mund und sagte: „Das ist eine gute Idee."

„Roman, Roman, Roman …" Die Kegelrunde klatsche im Takt und feuerte ihn regelrecht an. Er ging auf die Knie:

„Thalia, willst du meine Frau werden?"

„Das besprechen wir lieber im nüchternen Zustand."

Erschrocken über meine kühlen Worte fügte ich hinzu:

„Vielleicht siehst du das morgen und vor allem nüchtern ganz anders?"

Er sah es nicht anders. Und jetzt, wo er sein Geheimnis gelüftet hatte, ließ er nicht mehr locker.

„Aber ich liebe dich nicht!", beteuerte ich auf sein Drängen. Das schreckte ihn nicht ab.

„Thalia, Liebling, Liebe wächst. Diese Dornenhecke um dich herum werde ich schon irgendwann durchdringen. Ich werde dich aus deinem selbst gebauten Gefängnis befreien. Ich habe Geduld! Du wirst schon sehen, irgendwann bist auch du reif genug für einen Neuanfang in Sachen Liebe." Überzeugt von seiner Idee hatte er mich geküsst und liebevoll in den Arm genommen. Das war es, was ich an ihm schätzte, ich fühlte mich wohl bei ihm, sicher und geborgen. Allerdings konnte ich ihm nur Treue versprechen und platonische Liebe, aber mehr konnte ich ihm nicht geben.

Nach einem halben Jahr hatte er mich weichgeklopft, weicher, als das zarteste Wiener Schnitzel und virtuos umhüllt mit einer Panade aus achtsamen Gesten und einer sehr verlockenden Garnitur aus Annehmlichkeiten. Ich konnte nicht anders und nahm seinen Heiratsantrag an und zog sogar zu ihm. In meinem Kopf entstand eine Wohngemeinschaft und in seinem Kopf eine Liebesbeziehung. Unsere Trauung war schön. Wir feierten im kleinen Rahmen, nur mit den engsten Verwandten und natürlich der verantwortlichen Kegelgruppe. Ich habe noch den einzigartigen Geschmack unserer Hochzeitstorte auf der Zunge. Die Aromen von Vanille, frischen Himbeeren und weißer Schokolade riefen längst vergessene Kindheitserinnerungen wach.

„Thalia, schnell, komm! Roman ist umgekippt." Ich setzte meinen Kuchenteller ab und folgte meiner neuen Schwägerin.

„Ich glaube, er hat Herzprobleme!", sagte sie.

„Das überprüfen wir am besten im Krankenhaus", sagte Fredi, der Arzt im Ruhestand aus unserer Kegelgruppe, und rief einen Krankenwagen.

Als Roman nach endlosen Aufenthalten in Krankenhäusern und Rehakliniken wieder zu Hause war, planten wir unsere Hochzeitsreise durch die USA.

„Ich schulde dir noch die Hochzeitsnacht", erklärte er mit einem vielsagenden Zwinkern und zog mich zu sich heran. Ich ließ mich für einen kurzen Moment auf seinen Annäherungsversuch ein, um ihn dann aber doch mit meiner ganzen Handfläche von mir wegzuschieben.

„Du musst erstmal wieder richtig zu Kräften kommen, bevor wir überhaupt losfliegen können." Ich verstand es gut, ihn auf Distanz zu halten, und mehr hatte ich ihm ja auch nie versprochen.

Einige Wochen später flogen wir los. Roman hatte den Flug gut überstanden und am frühen Abend betraten wir die Hochzeitssuite in einem großen Hotel in New York. Roman bestellte Champagner und Fingerfood-for-Lovebirds. Ich verkroch mich ins Badezimmer. Mit dieser Gefühlsduselei hatte ich nicht gerechnet. Liebe wächst! Nix ist da gewachsen, außer vielleicht sein Ego und seine Lust?

„Der Zimmerservice war da", rief Roman.

Schockgefrostet stand ich da.

Was soll ich bloß tun? Die Erinnerung an seine Sätze machten mich fast ohnmächtig. „Irgendwann bist auch du reif für die Liebe", und, „Ich schulde dir noch die Hochzeitsnacht." Was mache ich, wenn er mir zu nahekommt? Ein sanftes Klopfen riss mich aus meinem Gedankenkarussell.

„Das Fingerfood-for-Lovebirds wird kalt", sang er halblaut durch die Tür und, „Thalia, Liebling, alles ok?"

„Ich bin gleich da", rief ich, um Zeit zu schinden.

Ich habe ihm nie mehr als Freundschaft versprochen. Mehr kann er nicht von mir verlangen. Als ich endlich die verriegelte Sicherheit des Badezimmers verließ, klatschte Roman zwei Mal neben seiner Flanke auf das Bett, um mir meinen Platz zuzuweisen. Er war nackt.

„Ich bin doch kein Hund!", wütend drehte ich mich weg.

„Fehlt nur noch, dass du Platz sagst und mich mit diesen komischen Hundeknochen fütterst!" Angewidert hielt ich einen Snack von der Fingerfood-for-Lovebirds-Platte in die Luft.

„Das sind Eclairs, Liebling." Er hatte sich hinter mich gestellt, nahm mir das Eclair aus der Hand und drehte mich um.

„Ich will das nicht! Das weißt du!"

Ich schnappte mir die Zimmerschlüssel. „Ich gehe noch einen Moment an die frische Luft und bis ich zurück bin, hast du dich hoffentlich wieder im Griff." Traurig, sprachlos und nackt stand mein Mann da und ließ mich ziehen. Ich schlenderte die Madison Avenue entlang, wenn ich nur lange genug unterwegs wäre, würde er schlafen, bis ich zurück bin. Meine Gedanken verschmolzen mit dem Lichtermeer der Stadt. Vor einem Schaufenster gefüllt mit Gänseblümchen blieb ich stehen. Ob die wohl echt sind? Wenn ja, wer gießt sie? Trust & Fidelity? Vertrauen & Treue, seltsame Werbung. Oder ist das der Firmenname? Egal!

Ich schlenderte weiter und stand irgendwann wieder vor unserem Hotel.

„Lady, could you move, please?" Ein Sanitäter schob mich zur Seite. Auf der Trage lag Roman.

„Sir, what happened? What is wrong with my husband? Can I join him? Will he be ok?"

„Calm down! Show me your ID, please." Mit einer schnellen Geste bugsierte er mich in den Krankenwagen und signalisierte seinen Kollegen „It's the wife."

Roman war nicht ansprechbar. Ich hielt seine Hand, bis er in den OP gerollt wurde. Stunden vergingen und wieder machte sich diese Ohnmacht breit. Ich hätte ihn nicht so eiskalt stehen lassen dürfen.

„Mam?" Der Druck auf meiner Schulter wurde stärker. Der Mundschutz des Arztes baumelte meditativ vor meinen Augen hin und her. Er schloss seine Augen und schüttelte den Kopf. Eine unsagbare Trauer machte sich in meinem Herzen breit.

Sprechende Gänseblümchen wehten in meinem Kopf hin und her und flüsterten: „Treue und Vertrauen".

Ich war wieder allein.

Liebe in der Stadt von morgen

Prolog

Im Jahr 2040 ist die Stadt Lumina ein leuchtendes Beispiel für menschliche Innovation und technologischen Fortschritt. Die Wolkenkratzer strecken sich in den Himmel, während die Straßen von selbstfahrenden Autos und geschäftigen Drohnen erfüllt sind. Das Herz von Lumina ist ein Wunderwerk der Architektur und Nachhaltigkeit.

In dieser Stadt kreuzen sich die Wege zweier Seelen. Mia ist Umweltingenieurin und setzt sich dafür ein, eine grünere Welt zu schaffen, indem sie die Natur in die Infrastruktur der Stadt integriert. Sie kreiert vertikale Gärten an Gebäuden bis hin zu Bürgersteigen, die Energie gewinnen. Alex hingegen ist ein Augmented-Reality-Spezialist, der Software entwickelt, die Kunst, neue Erfahrungen und Fantasie in der urbanen Landschaft zum Leben erweckt.

Liebe in der Stadt von morgen

An einem sonnigen Morgen beaufsichtigt Mia die Installation einer neuen solarbetriebenen Fußgängerzone, als Alex' neueste AR-Komposition ihre Aufmerksamkeit erregt. Es ist eine atemberaubende Projektion von wirbelnden Farben und fantastischen Kreaturen auf den Seiten der glänzenden Glasfassaden von Lumina. Neugierig nähert sie sich einem der Displays, ohne zu wissen, dass Alex sie aus der Nähe beobachtet. „Gefällt es dir?"

„Ich liebe es!" Sie belohnt ihn mit einem strahlenden Lächeln.

„Ich frage mich wirklich, wie das gemacht wird?"

„Nun, es ist dein Glückstag! Ich bin Alex, ich habe dieses kleine Meisterwerk geschaffen."

„Alex Chung? Ich habe von dir gelesen. Ein Star in der Augmented Reality Scene." Sie lachen. „Woher nimmst du deine Ideen, was hat dich dieses Mal inspiriert?"

„Oh, danke für das Kompliment. Die Sache mit der Inspiration ist ein Geheimnis, das ich nicht verraten kann."

„Komm schon, nur ein Hinweis." Mia blickt in große braune Augen und ihre Lippen bilden den süßesten Schmollmund.

„Ok, was wäre, wenn ich dir sagen würde, dass meine Schwester dieses Mythologie-Buch mit Geschichten über Einhörner, Drachen und dergleichen hat? Sie liest mir von Zeit zu Zeit vor, nur um ihre Stimme zu trainieren."

„Nein, das würde sie nicht! Nichts für ungut, ich kenne sie nicht, aber Bücher sind verboten!" Mia schüttelt den Kopf und befreit dabei ein paar blonde, gewellte Strähnen aus ihrem Pferdeschwanz. „Nun, vielleicht habe ich es mir dann ausgedacht?"

Ihr Gespräch ist anregend, eine Mischung aus ökologischen Visionen und technologischer Kreativität. Sie entdecken den gemeinsamen Traum, Technologie und Natur in Einklang zu bringen, um eine noch nachhaltigere Zukunft zu schaffen. In den nächsten Wochen treffen sich Mia und Alex häufig und vertiefen jedes Mal ihre Verbindung. Sie erkunden die Parks von Lumina, besuchen Museen, und machen Picknicks im Schatten baumartiger Skulpturen, die Luftschadstoffe absorbieren. Freunde und Familie denken, dass sie ein Paar sind, was sie konsequent dementieren. Eines Abends, als die Skyline von Lumina mit einem schillernden Schauspiel aus interaktiven Lichtern und Hologrammen erleuchtet ist, befinden sich Mia und Alex auf einer Dachterrasse. Sie überblicken die Stadt, die sie beide so lieben. Plötzlich entdeckt Alex unter einer zerbrochenen Fensterscheibe etwas, das wie ein altes Gebäude aussieht. Neugierig auf diesen seltsamen Fund beschließen sie, den verborgenen Raum zu erkunden.

„Ich habe von solchen verlorenen Orten gehört." Alex schiebt vorsichtig ein großes Stück Glas zur Seite, geht hinein und greift nach Mias Hand. „Komm schon, Babe, das ist mehr als cool!

Man muss es mit eigenen Augen sehen!" Mia folgt Alex nicht ohne Widerstand.

„Sieht aus wie eine andere Welt hier drinnen. Ist das eine alte Kathedrale? Ich habe noch nie so ein altes Gebäude persönlich gesehen."

„Ich auch nicht. Im Jahr 2024 war aufgrund des Klimawandels alles abgebrannt oder überflutet worden, man musste schnell wieder aufbauen und hat solche Strukturen einfach mit Glasfassaden umbaut." Alex streichelt voller Bewunderung über das alte Gebäude, während Mias Blick die Mauern mit ihren abgebrochenen Ziegeln und zerbrochenen Fenstern mustert.

„Ich habe immer geglaubt, dass es sich dabei um Verschwörungstheorien handelt, aber hier sind wir. Das ist irgendwie unheimlich. Lass uns zurückgehen, es fühlt sich nicht richtig an, es gibt kein Licht und ich fange an zu frieren."

„Tut mir leid, Babe, ich kann nicht gehen. Erinnerst du dich, als ich dir erzählt habe, dass meine Schwester mir vorliest? Ich liebe Bücher!" Alex deutet in die Dunkelheit. „Ich muss nachforschen. Siehst du das Schild über der Tür? Darauf steht Bibliothek! Komm mit mir."

Mia kann seinen flehenden Blicken nicht widerstehen. „Bist du verrückt?"

Sie schalten ihre Anzüge ein. Wärme verbreitet sich und Licht. Die Piezoelektrizität, die von ihren Schuhen in Bewegung erzeugt wird, lädt sich leider nur sehr langsam auf. Alex schaut sich ihre Displays an: „Zusammen haben wir noch etwa fünfundvierzig Minuten Energie, das sollte reichen."

Eine der Bibliothekstüren fehlt. Abgestandene Luft und eine Decke aus Staub ruht auf den Holzmöbeln und endlosen Regalreihen voller Bücher. Alex schaut sich einige Buchrückseiten genauer an und murmelt: „Agenda 2030, Neue Weltordnung. Interessantes Zeug! Ich muss dieses Buch mitnehmen."

„Alex, bitte nicht! Wenn sie dich mit Büchern erwischen, kommst du in Konformitätshaft. Ich will dich wirklich nicht verlieren."

„Ist das so?" Alex Neugier ist geweckt.

„Ja. Ich denke." Mia schaut zu Boden und dreht sich weg.

„Oh, kümmere dich nicht um mich, ich, ich denke …"

„Ganze Sätze wären schön. Was meinst du?"

Mia stockt: „Ich glaube, sie hatten recht. Ich liebe dich."

Alex fängt an zu lachen. „Mia, es tut mir leid, das passiert mir immer, wenn die Verlegenheit kommt, wenn ich nicht weiß, was ich sagen oder tun soll."

„Küss mich!", sagt Mia und spürt sofort die weichsten Lippen auf ihren, gefolgt von einem warmen Atemzug auf ihrem Gesicht. Alex streichelt, knabbert und küsst ihren Hals, öffnet langsam den Reißverschluss ihres Anzugs und fährt weiter fort bis zu ihrem Bauchnabel. Plötzlich erlöschen die Wärme und das Licht ihrer Anzüge. Ein Frösteln erzeugt Gänsehaut auf ihrem Körper, was von Alex' erfahrener Zunge noch weiter gesteigert wird. In kürzester Zeit findet er ihre Lustpunkte.

„Hmmmm, nimm mich!", flüstert sie. Ein intensiver Höhepunkt erschüttert sie und lässt sie mit einem Beben zurück, das die orgasmische Spannung nur langsam löst. Nichts ist zu hören, nur das Geräusch ihres Atems in der Stille der Nacht.

Mia öffnet den Reißverschluss von Alex' Anzug. „Du bist dran", sie benutzt die dehnbaren Ärmel, um seine Hände an eines der Bücherregale zu binden und den Rest herunterzuziehen, was praktischerweise als Fußfessel dient. Zärtlich streichelt sie jeden Zentimeter von Alex' Haut. „Ich liebe deinen athletischen Körper."

„Mia, hör auf! Das ist Folter."

„Nein, das ist keine Folter, das ist Rache. Süß und sexy." Mia leckt an seinem Hals entlang und bläst langsam Luft über die nasse Stelle, die sie geschaffen hat. Ein kühlendes Gefühl schickt einen Schauer der Lust über seinen Rücken „Wenn du willst, dass ich aufhöre, werde ich das tun, aber ich glaube, du willst das genauso sehr wie ich." Mias Hände versetzen Alex in Ekstase.

„Ja, Jaaaah, Jaaaaaaaaaahhhhh."

Alex schreit so laut, dass Mia sich unwohl fühlt, vor allem weil das Echo der Bibliothek den Ton noch lauter erscheinen lässt.

„Ich glaube, ich verliere den Verstand! In der Dunkelheit dieses verbotenen Raums mit dir Liebe zu machen, ist verrückt. Lass uns gehen. Was, wenn sie hier auch Kameras haben?"

„Oh Babe, hast du Angst, dass sie Goodie-Punkte von deinem Social Score abziehen?" Alex versucht, seine gefesselten Hände zu lösen. „Könntest du mir helfen?"

„Sicher, aber du musst mich im Gegenzug mit ein paar deiner Goodie-Punkte bezahlen." In Windeseile ist Alex wieder frei und ordentlich angezogen. Er versteckt das Buch unter seinem Anzug. Hand in Hand lassen sie die Bibliothek hinter sich und folgen dem Licht zu der zerbrochenen Fensterscheibe.

„Mia, das war wirklich besonders. Das sollten wir wiederholen."

Der Jaguar in ihrer Werkstatt

„Carla in ihrem Reich ..." Freudestrahlend ging Georg auf sie zu. Er legte seine Hand auf ihren Po, nur um sie dann mit einer schnellen Handbewegung zu sich heranzuziehen. Seine Blicke wanderten den Reißverschluss ihres Werkstatt-Einteilers von unten nach oben hinauf.

„Wie immer ganz in grün!" Keck zog er ihr das Cappy vom Kopf und Carlas Locken fielen in langen Kaskaden die Schultern hinab. „Ich glaube, du musst mal wieder zum Friseur, so viel Weiblichkeit steht dir nicht."

Carlas vernichtender Blick störte ihn nicht im Geringsten. Im Gegenteil, er schien ihn anzustacheln, prompt ging seine andere Hand wieder auf Wanderschaft.

„Flossen weg!" Carlas genervte Stimme war samtweich, was im krassen Gegensatz zu ihrem burschikosen Monteuranzug stand. Wütend hob sie das Cappy wieder auf und suchte verzweifelt nach einem Haargummi, um ihre Mähne zu bändigen „Lass mich in Ruhe!" Sie war es satt, sich Georgs ständige Beziehungsdramen anzuhören. Sie liebte ihn, seit sie denken konnte, aber er schien immer nur ihre Nähe zu suchen, wenn sich seine regelmäßig wechselnden Freundinnen von ihm abwandten.

„Siehst du die Autoreihe da vorne?" Sie zeigte mit einem übergroßen Schraubenschlüssel auf den überfüllten Parkplatz der Kfz-Werkstatt. „Einer schöner als der andere." Sie liebte die Oldtimer, obwohl sie deren Besitzer zutiefst verachtete. „Diese alten Dinger da, das sind Zeitzeugen einer Qualität, die man heute kaum noch findet. Für die Reichen sind es einfach nur Statussymbole, je teurer, desto besser. Für mich sind sie der Inbegriff von Langlebigkeit und zeitloser Schönheit." Ein Gefühl von Romantik erfüllte ihr Herz. „Die wollen alle", sie machte eine kurze Pause, um dem Ernst der Lage Nachdruck zu verleihen, „aber auch alle repariert werden."

„Oh Mann, Carla, jetzt sei doch nicht so!", schmollend stapfte Georg mit seinen Designerschuhen auf den ölbefleckten Boden.

„Du hast Nerven! Du scherst dich einen Dreck um das, was unsere Väter uns hinterlassen haben. Der feine Herr studiert ja auch! Und der macht sich auch die Finger nicht dreckig! Aber wenn der Laden hier abschmiert, hat sichs ausstudiert, ist dir das klar?"

„Carla, könntest du bitte das Werkzeug weglegen? Du machst mir Angst." Georg deutete auf den erhobenen Schraubenschlüssel. Beide konnten sich ein Grinsen nicht verkneifen.

„Du könntest mir wenigstens bei der Buchhaltung helfen." Carla legte das Werkzeug an seinen Platz zurück und versuchte, ihre Hände von Öl und Rost zu befreien. Kopfschüttelnd nahm Georg ihr den verschmierten Lappen weg.

„Da kannst du lange wischen, der Versuch ist zwecklos." Mit einem frischen Tuch begann er, ihre Handflächen und Finger zu säubern. „Warum verkaufen wir den Laden nicht? Dann heiraten wir endlich und lassen es uns gut gehen. Wenn wir unser Erbe zusammenlegen, haben wir ausgesorgt. Außerdem kann ich es kaum erwarten, dich in Frauenklamotten zu sehen. Ich wette, du bist ein echter Hingucker ohne diesen ollen Fummel." Liebevoll zwickte er sie in ihre Flanke.

„Ich steh nicht auf dich!" Die Lüge war reiner Selbstschutz. „Und ich passe schon gar nicht in dein Beuteschema! Schau dich an, schau mich an! Das wird nie funktionieren! Du brauchst so ein feines Schreibtischmäuschen, das dich anhimmelt. Am besten wenig Hirn mit ganz viel Oberweite. Und, bleiben sollten sie auch nicht lange, dann verliert der nette Herr nämlich das Interesse." Im Handumdrehen hatte sie ihre Haare zu einem Zopf geflochten und wieder unter ihrem Cappy verstaut.

„Was für ein Blödsinn! Ich mag Frauen, die ein bisschen mehr draufhaben, in jeder Hinsicht. Ich mag dich."

Carla hörte es schon gar nicht mehr, denn ein lautes Motorengeräusch zog ihre ganze Aufmerksamkeit auf sich. Ein altes Jaguar-E-Type-Cabrio rollte durch das Garagentor. Sie wusste gar nicht, wohin sie zuerst schauen sollte. Auto oder Fahrer?

Beide funkelten mit ihren polierten Accessoires um die Wette und ließen die graue Werkstatt glitzern.

„Können Sie uns helfen? Meine große Liebe tut's nicht mehr." Vor Carla stand ein Mann in verwaschener Jeans und schwarzem T-Shirt. Pilotenbrille, Uhr und Gürtelschnalle komplettierten seinen perfekt lässigen Look.

„Natürlich können wir ihnen helfen", rief Georg von hinten. „Haben Sie denn nur einen Monteur für alle diese Autos?"

„Monteurin!", berichtigte Georg und schob Carla zur Seite, um sich das gute Stück näher anzusehen. „Was fehlt denn ihrer großen Liebe?"

„Ich hatte gehofft, Sie können mir das sagen." Irritiert schaute er sich in der Werkstatt um, „sie wurden mir empfohlen. Ich solle nach Carl fragen. Soll das feinste Gespür für Vintage-Fahrzeuge haben."

„Sie meinen Carla, das bin ich." Carla nahm all ihren Mut zusammen und stellte sich vor Georg. „Sie müssten uns Ihr Schätzchen aber hier lassen."

„Hubertus Edelbert", lächelnd streckte er ihr seine Hand entgegen. „Carla? Sie sind also diejenige, welche?" Hubertus ging einen Schritt auf sie zu. „Freut mich sehr!"

Sprachlos schüttelte Carla seine Hand und hätte sie am liebsten nie wieder losgelassen, da war etwas Authentisches in seiner Freundlichkeit und ihre Vorurteile gegenüber reichen Menschen war von einer Sekunde auf die andere weg, einfach so.

„Ihr macht das schon." Georgs verärgerter Tonfall riss Carla abrupt aus der Begrüßung. „Hubertus Edelbert!", nuschelte Georg spöttisch und kaum hörbar, als er die Werkstatt verließ.

„Dann lassen Sie uns mal sehen, was da los ist." Gemeinsam inspizierten sie den Oldtimer. „Rein äußerlich kann ich nichts feststellen, ich glaube, eine kurze Testfahrt ist angesagt."

Mit einer galanten Geste öffnete Hubertus die Fahrertür und sagte: „Darf ich bitten?" Carla holte einen Sitzschoner aus der Schublade und nahm Platz, stellte Sitz und Rückspiegel ein:

„Wissen Sie Herr Edelbert …"

„Du kannst mich gerne Hubertus nennen", unterbrach er sie.

„Hubertus, so ein makelloses Interieur ist wirklich selten."
Ihre Finger umschlossen das Holzlenkrad, warm und geschmeidig fühlte es sich an. „Wie viele Vorbesitzer gab es?"
„Mein Vater hat mit diesem Auto das Herz meiner Mutter erobert. Es ist von Anfang an im Familienbesitz und bis ich die Frau meines Lebens finde, ist das Auto meine große Liebe."
„Machen wir eine kleine Spritztour?", fragte sie ihn.
„Ja, natürlich!", antwortete Hubertus und setzte sich auf den Beifahrersitz. „Wir müssen sie nur anschnallen." Er beugte sich halb über sie, angelte sich Carlas Sicherheitsgurt und schnallte sie mit einem Klick fest. Dabei benebelte er sie mit der besten Mischung aus Aftershave und Männlichkeit, die Carla je gerochen hatte und für einen Moment waren sein Hals und sein Gesicht so nah, dass ihre Lippen beinahe auf Wanderschaft gegangen wären, aber das laute Geräusch des Motors, ihre Professionalität und ihre eigentliche Abneigung gegen diesen Menschenschlag hielten sie von dieser kleinen Fantasie ab.

„Lass uns auf die Autobahn fahren, dann bekommst du vielleicht ein Gefühl für das, was im Argen ist." Seine Augen musterten sie interessiert und intensiv.

Carla versuchte, ihre ganze Aufmerksamkeit auf den Wagen zu lenken, obwohl sie merkte, dass seine Blicke auf ihrem Dekolleté ruhten. Behutsam rollte sie rückwärts aus der Garage und hielt auf dem großen Vorplatz. „Die Motorengeräusche schnurren nicht so, wie sie sollten. Wie lange ist das schon so?", wollte sie wissen.

„Das weiß ich nicht so genau, so richtig wahrgenommen hab ich das erst letzte Woche. Machst du alle Reparaturen allein?" Andächtig musterte er den Werkstattparkplatz.

„Ja, mein Vater ist leider mit seinem Compagnon bei einem Autounfall ums Leben gekommen. Das ist jetzt fast sechs Monate her." Carla hatte Mühe, ihre Tränen zurückzuhalten, legte die Gänge ein und fuhr in Richtung Autobahn.

„Das tut mir leid." Hubertus wischte ihr die Tränen mit seinem Ärmel fort „Du bist hübsch Carla, hat dir das schon einmal jemand gesagt?"

Carla gab Gas, um von ihrer Verlegenheit abzulenken und den Motor zu testen. „Jetzt schnurrt er, wie es sich gehört. Außer beim Anlassen kann ich wirklich nichts feststellen. Wir sollten zurückfahren und ich werfe nochmal einen Blick unter die Haube." „Das muss der Vorführeffekt sein. Als ich in eure Garage fuhr, war das Geräusch so laut, dass ich dachte, der Wagen fällt gleich auseinander. Das hast du doch auch gehört, nicht wahr?" „Ja, das habe ich." Sie fuhren zurück.

Mit dem Blick eines Hundewelpen, der vor seinem gefüllten Napf sitzt und noch nicht fressen darf, bohrte sich Hubertus in ihr Herz. „Ich komme dann Montag nächste Woche wieder. Achte nicht so auf die Kosten, Hauptsache, ich kann wieder fahren. Danke Carla, du bist ein Schatz." Mit einem Kuss auf die Wange überreichte er ihr die Schlüssel und verschwand.

Carla stand noch lange wie angewurzelt da und schaute ihm hinterher. Hubertus schien all das zu verkörpern, was sie so sehr ablehnte, aber sein Wesen hatte sie gefesselt. Sie malte sich aus, wie sie gemeinsam Oldtimertouren für Verliebte organisierten und von Romantikhotel zu Romantikhotel fuhren. Voller Eifer machte sie sich an die Reparatur seiner großen Liebe. Sie fand das Problem schnell. Beschwingt von ihrer Hubertus-Fantasie, reparierte sie noch vier weitere Autos an diesem Abend. Völlig erschöpft schlief sie auf dem Werkstattsofa ein und träumte von Hubertus „Du weißt, es ist nicht alles Gold, was glänzt." Die Stimme ihres Vaters klang herzlich und vertraut. „Lass dich nicht so blenden und schicke diesen Hubertus in den Wind. Nimm den Heiratsantrag von Georg an. Er ist ein guter Mann." Ein hämmerndes Klopfen weckte sie unsanft aus diesem Traum.

„Carla, was ist denn mit dir los? Du siehst ja schrecklich aus! Hast du eine Nachtschicht eingelegt?" Georg reichte ihr einen Latte macchiato in einem Pappbecher.

„Das ist lieb von dir", sagte Carla, „den kann ich jetzt wirklich gut gebrauchen! Weißt du was? Ich habe von meinem Vater geträumt. Und wir beide steckten mitten in den Hochzeitsvorbereitungen. So ein Blödsinn."

„Und?", fragte Georg, „was sagt dir das?" Er versuchte, ihre Stimmung aufzunehmen, nahm ihre beiden Hände in seine. „Wollen wir das nicht einfach mal versuchen? Denkst du nicht, dass wir mittlerweile alt genug dafür sind? Ich will dich, das habe ich dir schon immer gesagt. Ich möchte eine Familie mit dir gründen. Ich liebe dich."

Carla kam ins Grübeln. Es stimmte, er hat es ihr schon oft gesagt. Aber irgendwie hatte sie ihm nie geglaubt. Die wechselnden Beziehungen in seinem Leben törnten sie ab. „Was war das denn alles mit den anderen Frauen?"

„Du hast mir keine Hoffnungen gemacht. Da musste ich ja wohl das Glück woanders suchen, aber nicht eine einzige konnte jemals mit dir mithalten. Und du, was ist mit dir?"

„Es gab einen!" Sie ging einen Schritt auf ihn zu. „Es gab immer nur den einen und dieser eine, der steht jetzt gerade vor mir."

Gefühlscocktail Onlinedating

Argwöhnisch sah sie auf den Wäscheständer. Sie hatte ihre züchtigen Baumwollunterhosen im perfekten Abstand nebeneinander aufgereiht, nur dieser rote, unbekannte Stringtanga blitzte bedrohlich aus ihrer frisch gewaschenen Ordnung heraus. Das würde sie Tom nie verzeihen. Sie musste ihn zur Rede stellen. Wie oft schon hatte er versprochen, nicht mehr fremd zu gehen? Wie oft hatte sie ihm das geglaubt? Jetzt würde sie ihm alles heimzahlen! Aber wie? Sie brauchte einen Plan. Gestern noch hatte er im Garten mit freiem Oberkörper Holz gehackt, die Sonne schien auf seine Brust und der Einsatz seiner Muskeln jagte ihr Schauer der Lust über die Haut. Sie liebte ihn, hinge da nicht dieser rote Zeuge seiner fortwährenden Lügen in ihrer Waschküche. Durch das Kellerfenster sah sie direkt auf den Hackklotz, in dem das Beil noch steckte. Sie ließ ihren Tränen freien Lauf.

„I love you to the moon and back", hatte Tom zu Beginn ihrer Ehe gesagt, nahm ihre Hände in seine und küsste ihre Handrücken. Sie wusste, dass er den betörenden Himbeerduft ihrer Handcreme liebte.

Scherzhaft sagte sie dann mit einem gekünstelten amerikanischen Akzent, wobei sie das R rollte wie eine purrende Katze: „Darling, nicht reinbeißen!"

„Ich liebe deinen Humor!", war dann immer die gleiche Antwort und, „Ich bin verrückt nach deiner weichen Stimme, besonders dann, wenn du versuchst, meine Sprache zu sprechen." Meist knuffte er sie dann leicht in die Rippen und ließ lachend ihre schönen Hände wieder los.

Das war lange her. Liebesbekundungen verabschiedeten sich nach und nach und machten Platz für Wortgefechte. Zärtlichkeiten verschwanden unbemerkt, der Alltag schien ihre Liebe einfach zu überrollen und seine fortwährenden Affären nagten an ihrem Selbstwertgefühl, aber der rote Tanga gab ihrer Ehe fast den Todesschuss.

„Was Tom kann, kann ich auch!" Aurora meldete sich bei einer Singlebörse an. Die Kontakte halfen ihr. Sie hatten fast therapeutischen Charakter. Da gab es Mathias aus Hagen: „Hallo, ich bin Arzt. Ich liebe es, zu verwöhnen und verwöhnt zu werden. Was bringt dich zum Genießen? Dein Blick gefällt mir."

„Lieber Mathias, deine Sätze sind so eindeutig zweideutig, dass ich nicht genau weiß, wie du das alles meinst ... freut mich, dass dir mein Blick gefällt."

„Ja, so meine ich es ... eindeutig zweideutig. Ich will zusammen den Alltag vergessen und schauen, wo es uns hinträgt. Was magst du?" Er war so virtuos im Schreiben, dass sie fast nicht merkte, wie er sie verführte. Mathias war ihr Cybersex-Mann. Sie lernte sich von einer ganz neuen Seite kennen und ihre heimlichen Wünsche in Worte zu packen. Mit ihm hatte sie das Gefühl, fremdzugehen, ohne wirklich fremdzugehen. Es gab ihr die Genugtuung, Tom zu betrügen, ohne ihr Eheversprechen zu brechen. Als Mathias eine gemeinsame Nacht mit ihr planen wollte, lehnte sie ab.

Irgendwann hatte Aurora Adriano angeklickt. Der glänzte mit einem Bild von sich, das Männermodels neidisch machen konnte. Nur mit einer Jeans bekleidet, der obere Knopf geöffnet, stand er da, in einer Höhle. Wasser tropfte von der Decke in ein türkisblaues Naturbecken, auf dem die Lichter tanzten und glitzerten wie kleine Diamanten. Über den großen Eingang schien die Sonne herein. Seine ganze Erscheinung war perfekt in Szene gesetzt.

„Ciao Bella, schreibe mir, wenn du magst, was du siehst. Ich mag weibliche Frauen mit Kurven."

Aurora fragte sich, ob es irgendeine runde Frau auf diesem Planeten gäbe, die auf so etwas nicht antworten würde. Der Schriftverkehr war niveauvoll, allerdings ahnte Aurora, dass es ihrem feurigen Italiener nur um eines ging.

Sie trafen sich in einem Café. Die optische Anziehung funkte auf beiden Seiten. Aurora war zwanzig Minuten früher da, weil sie sich die Chance einräumen wollte, zu verschwinden, sollte es sich wieder mal um ein gefaktes Profil gehandelt haben.

„Ciao Bella." Adriano begrüßte sie mit einem Kuss in ihre Halsbeuge und atmete tief ein. „Dein Duft macht mich an." Allein der Luftzug an dieser empfindlichen Stelle löste eine gewisse Erregung in ihr aus. In Windeseile tranken sie ihre Cappuccinos und suchten einen Platz zum Knutschen. Sie malte sich aus, wie Tom reagieren würde, wenn er sie jetzt sehen könnte, und war sich im gleichen Moment sicher, dass das als Rachezug noch nicht ausreichen würde. Adriano spendierte einen Smoothie auf dem Marktstand eines Freundes.

„Lass uns zu mir nach Hause gehen. Ich will dich, jetzt."

Sie wollte fremdgehen, um Tom zu verletzen, aber Adriano machte ihr Angst. Er lotste sie in einsame Ecken und war drauf und dran sie in der Öffentlichkeit zu lieben. Als sein Drängen immer heftiger wurde, schossen ihr Bilder vom Worst-Case-Szenario durch den Kopf. Schlagzeilen wie: „Frauenleiche im Wald gefunden" oder „Nackte Wasserleiche angeschwemmt" ließen sie schaudern. Ein plötzlicher Müdigkeitsanfall machte sich breit. Waren K.O.-Tropfen im Smoothie?

Dieser Gedanke machte sie blitzartig und nur für kurze Zeit klar, sie musste weg von hier, weg von Adriano, und zwar sofort.

„Das geht mir alles zu schnell. Ich will nach Hause", sagte sie.

„Willst du mich verarschen? Ich habe mir frei genommen für dich!" Irritiert und wütend schaute er sie an. Sie hatte das beklemmende Gefühl, er würde sie beim nächsten falschen Wort schlagen.

„Adriano, ich kann das nicht! Ciao Bello!" Sie nahm ihren ganzen Mut zusammen, drehte sich um und verschwand, so schnell sie konnte in der Menschenmenge. Bevor er reagieren konnte, hatte sie ihr Auto erreicht, verriegelt und schlief sofort ein. Nach dieser Eskapade hatte sie erstmal genug vom Daten, aber als sie wieder mal das Gefühl hatte, dass Tom dabei ist, sie zu betrügen, klickte sie auf ein ansprechendes Foto.

Günni aus Dortmund war sehr charmant: „Ich begehre dich! Ich will dich! Ich will, dass du mir gehörst." Er schickte fast täglich Einzeiler, so wie heute, mit nur einem Ziel, sie in einem Hotel zu treffen und zu verführen.

Und heute würde sie ihm gehören. Nur 25 Stunden!

Das Hotel, das er ausgewählt hatte, war perfekt für diese Begegnung. Die Badewannen auf den Balkonen hatten etwas Exhibitionistisches, die Flure waren in Rotlicht getaucht, das moderne, schräge und schillernde Ambiente wurde nur noch von der Sprache der Liebe getoppt: „Parlez vous francais?", zog sich in extra großen Buchstaben über die Fassade.

Günni war eine Mischung aus Lustmolch und Casanova im Businesslook. Seine Begrüßung elektrisierte sie.

„Ich will dich. Jetzt!", hauchte Günni in ihr Ohr.

„Du hast etwas in deiner Stimme, das lässt mich gehorchen!" Mit weichen Knien folgte sie ihm in sein Liebesnest für diese Nacht. „Du hast an alles gedacht, Rosenblätter auf der Bettdecke, Champagner und eine Spielzeugkiste?"

„Aurora, komm her!" Langsam zog er sie zu sich heran, um sie dann mit leichter Gewalt auf das Bett zu schubsen.

„Ich zeige dir den Inhalt meiner Zauberkiste, aber erst möchte ich, dass wir ein Zeichen vereinbaren. Ein Wort, wenn du das sagst, weiß ich, dass ich aufhören muss."

„Was soll das denn heißen?" Aurora dämmerte, auf wen sie sich da eingelassen hatte. „Auto. Wenn du das hörst, musst du aufhören."

„Okay", sagte Günni, „wenn ich Auto höre, höre ich auf!"

Dominanz, Führung, Zärtlichkeit, Macht, Spielereien, Nähe und Distanz, Kontrolle und Loslassen, sein Liebesspiel war einzigartig, ließ sie alles vergessen und dauerte bis in den nächsten Abend hinein. Günni war virtuos und respektvoll gewesen, ihre Neugier und ihre Lust waren befriedigt und ihre Rache an Tom auch.

Völlig erschöpft und übermüdet fuhr sie nach Hause. Sie holte den roten Stringtanga, legte ihn auf den Hackklotz und hackte drauflos. Sie ließ ihrer Wut und ihren Tränen freien Lauf. Die Rinnsale auf ihren Wangen spülten Angst und Zweifel davon. Mit jedem Hieb konnte sie die unzähligen Verletzungen, die Erniedrigungen, die sie durch Toms Fremdgeherei erfahren hatte, abspalten.

Übrig blieben Genugtuung und innere Ruhe …

Maries Auszeit

„Du hast die Wahl: resignieren oder um die Liebe kämpfen." Maries Schwiegermutter neigte ihren Kopf zur Seite und blickte sie mit ihrem unheimlichen Röntgenblick ruhig und besonnen an. Marie fühlte sich wie ein Stück Handgepäck, das gerade durch den Scanner gezogen wird, um es von allen Seiten auf Sprengstoff zu durchleuchten, dabei hatte sie nichts zu verbergen. Im Gegenteil, Eduards Mutter war für sie nicht nur die Oma ihrer Kinder, sondern auch Vertraute und beste Freundin in einer Person. Sie hatte Eduard auf einem Studentenball kennengelernt. Die zwei waren der Inbegriff eines Traumpaares, trotz vieler Unterschiede. Nach dem Studium zogen sie zusammen, heirateten und bekamen Kinder. Irgendwo zwischen Beruf, Familie und Haushalt geriet die anfängliche Idylle ins Wanken. Marie hatte ihren Beruf als Architektin geliebt, aber Eduard war ein stolzer Mann der alten Garde, mit edlen Prinzipien und einem Herz aus Gold. Für ihn war es selbstverständlich, dass seine Frau nach der Hochzeit nicht mehr arbeiten musste.

„Marie, wir haben es doch nicht nötig, dass du arbeitest. Gönn dir eine Auszeit, schon allein der Kinder wegen. In deinem Beruf kannst du jederzeit wieder Fuß fassen und bis dahin machst du es uns zu Hause einfach schön."

Marie fügte sich. Eduards Anwaltskanzlei und die Kinder entwickelten sich prächtig. Eduard arbeitete immer mehr, Zweisamkeit war selten und die Kinder pubertierten. Die harmoniebedürftige Marie hatte sich abgewöhnt, zu diskutieren und alles in sich hineingefressen. Die Jahre verstrichen und die Waage zeigte mit achtundachtzig Kilo Höchststand an.

Marie entschied sich, für ihre Liebe zu kämpfen und versuchte mit allen Tricks, die Nähe zu Eduard wiederherzustellen. Wochenlang kochte sie ihm nur die feinsten Gourmetmenüs mit Suppe, Hauptspeise und Dessert. Mehr Nähe entstand jedoch nicht. Er genoss die Mahlzeiten sehr und lümmelte sich danach zufrieden auf seinen Sessel, wo er sofort einschlief. Leider hatte sich Eduard an die neue Küche gewöhnt und forderte das von nun an ein: „Wenn ich das Geld nach Hause bringe, kannst du dir kochtechnisch auch ein bisschen mehr Mühe geben!" Die Betonung lag auf „mehr".

Ihre Nachmittage verbrachte sie nun mit Kochen. „Findest du nicht, dass wir mal wieder renovieren sollten?" Für einen Paragraphenreiter, wie Marie ihren Eduard nannte, hatte er eine gehörige Portion Geschmack und wusste ein schönes Ambiente zu schätzen.

Eine neue Idee war geboren! Sie wollte Räume schaffen, die so wundervoll waren, dass er wieder gerne zurück zu ihr nach Hause kam. Kaum hatte er einen Wunsch geäußert, setzte sie ihn in die Tat um. Tagelang nähte sie Gardinen, weil er meinte: „Durch die schönen großen Fenster geht viel zu viel Energie verloren und bei Sonnenschein können wir gar nicht richtig fernsehen."

Und so blieb der energiebringende Sonnenschein meist draußen. Er mochte auch das frische Weiß der Wände nicht mehr und träumte von einem Herrenzimmer in Dunkelpflaume. Marie opferte ihr Yogazimmer, um ihm diesen Wunsch zu erfüllen. Sie strich in mühseliger Kleinarbeit das Zimmer und richtete es ein. Eduard fühlte sich sehr wohl in seiner düsteren Männerhöhle und weil ihm Dunkelpflaume so gut gefiel, bat er Marie, die anderen Räume auch so zu streichen.

Die Monate vergingen, die dunklen Wände hatten etwas Morbides und Verruchtes an sich. Marie fühlte sich wie in einer Gruft. Anstatt ihre Mühen mit Nähe zu belohnen, zog Eduard sich mehr und mehr von ihr zurück. Farbe tot, Mann leblos! Die Idee, ein schönes Ambiente zu schaffen, entzweite die beiden nur noch mehr.

„Wenn schon dunkles Puffambiente zu Hause, dann hilft vielleicht Reizwäsche?", dachte sie. Das war in ihrer jetzigen Verfassung allerdings äußerst schwierig.

Sie klapperte die Läden in ihrem Dorf ab, dann die in der nächsten Großstadt und fuhr fast 200 km weit, um einen BH mit dezenter, sehr erotischer Spitze zu jagen. „Ja, wir haben ihnen den BH zurückgelegt, aber bitte probieren sie ihn an, er fällt klein aus und Dessous sind ja bekanntlich vom Umtausch ausgeschlossen", sagte die Verkäuferin mit einem besserwisserischen Blick auf Maries Dekolleté. „Das ist leider die größte Größe, aber ich lege ihnen noch zwei andere Modelle dazu. Bitteschön." Und mit einer galanten Handbewegung öffnete sie den Samtvorhang der Kabine und schob Marie hinein. „Wenn Sie etwas brauchen, ich bin Claire." Marie sah mit einem Blick, dass keines der 3 Teile passen würde, und so war es auch. Selbst die Online-Versuche scheiterten. Unzählige Pakete schickte sie wieder zurück, weil die Größe nicht stimmte, ihr ein Teil nicht stand und schon gar nicht erotisch war oder weil die falsche Farbe kam.

Als sie endlich eine wirklich schöne, geschmackvolle und aufreizende Kombination gefunden hatte, drapierte sie sich eines teenagerlosen Abends auf das frisch gemachte Bett. Sie sah wirklich zum Anbeißen aus und das kuschelige Federbett schmeichelte ihren Kurven. Die Beleuchtung hatte sie leicht gedimmt. Als sie sich gerade so genial in Szene gesetzt hatte, kam Eduard herein. „Hallo Schatz", begrüßte sie ihn, aber er hörte sie gar nicht und würdigte sie auch keines Blickes, er war in irgendeine Handynachricht vertieft. „Nur nicht den Mut verlieren", sagte sie sich und wartete geduldig.

Sichtlich müde kam er nach einer sehr langen Weile aus dem Bad, legte sich ins Bett und knipste seine – die einzige – Beleuchtung aus. Kurz darauf knipste er sie wieder an und fragte: „... Oder wolltest du noch etwas lesen?"

Verletzt und unsagbar traurig brachte sie nur hervor: „Nee, schon gut, ich geh runter und schaue noch ein bisschen fern. Irgendwie kann ich doch noch nicht schlafen." Auf der Couch liefen die Tränen ungehemmt. Alle Versuche, die alte Liebe wiederzubeleben, verliefen im Sand oder endeten im Streit.

Sie vertraute sich ihrer besten Freundin an. Luzeva hatte vor sieben Jahren das dritte Mal den Bund der Ehe geschlossen und schien immer noch frisch verliebt. Marie hatte sich eigentlich nur einmal richtig ausheulen wollen und einen Rat gesucht, aber Luzeva witterte die Chance ihres Lebens. Eduard war deutlich wohlhabender als ihr Tobias und lange nicht so wehleidig. „Hörst du deinem Mann denn nicht zu? Er möchte doch schon lange zu diesem Autorennen in London. Schick ihn einfach mal für ein langes Wochenende weg, vielleicht weiß er dann wieder, was er an dir hat? Vielleicht geht Tobias ja mit? Das wäre ein super Geburtstagsgeschenk!"

Eduards Geburtstag hatte sie vor lauter Aktionismus fast vergessen.

„Luzeva, du bist ein Schatz, das ist eine Bombenidee!" Gesagt, getan. Das Geschenk erfreute Eduard so sehr, dass er Marie ganz fest und lange in die Arme nahm. Sie fühlte sich das erste Mal seit Langem fast wieder ein bisschen geliebt. Vielleicht konnte tatsächlich das alte Gefühl der Liebe aufleben? Sie brachte ihn zum Flughafen. Wie mit Luzeva besprochen, würde Tobias in London direkt in der Ankunftshalle auf Eduard warten, um ihn abzuholen.

Marie freute sich auf ein langes Wochenende ohne Kochen und andere dienende Funktionen. Als sie nach Hause kam, riss sie als Erstes die Gardinen auf. Sonnenstrahlen fielen direkt auf die Broschüre eines Hotels, das einem von Eduards Klienten gehörte. Ein stilvoll renoviertes Schloss war dort abgebildet. Marie verlor sich in den Fotos der gelungenen Architektur, die virtuos Alt mit Neu verband. Sie malte sich aus, wie es wohl wäre, dort Urlaub zu machen und jeden Wunsch von den Augen abgelesen zu bekommen? Der Ort übte eine magische Anziehungskraft auf sie aus. Irgendwann würde sie sich dort den Luxus einer Auszeit gönnen.

„Luzeva! Was machst du denn hier?" Mit ausgestreckten Armen lief Eduard auf sie zu. „Wo ist Tobias?"

„Der ist krank und liegt im Hotel im Bett. Also habe ich mir einen Flug gebucht, um ihn wieder fit zu machen, damit er mit dir Rennen fahren kann. Leider erholt er sich nicht so schnell wie gehofft." Traurig blickte sie zu Boden, dann hakte sie sich bei ihm ein und setzte ein nettes Lächeln auf. „Außerdem, wer hätte dich denn sonst hier abgeholt?"

Sie lachten. „Du bist ja süß. Das ist wirklich lieb von dir." Sie fuhren zum Hotel.

Luzeva bat Eduard an die Bar. „Ich checke für dich ein. Bestell schon mal, ich schaue nochmal nach Tobias und lasse dein Gepäck auch gleich aufs Zimmer bringen." Dankbar begab sich Eduard an die Bar. Nach einer gefühlten Ewigkeit und dem zweiten Glas Gin Tonic erschien Luzeva frisch gebadet und in einem rattenscharfen Fummel in signalrot direkt neben ihm. Ihr Parfum benebelte ihn.

„Zwei Gläser Champagner bitte. Wir zwei in London, das müssen wir doch feiern!" Beim Zurechtrücken des Barhockers kam sie ihm sehr nah und blickte ihm lange und tief in die Augen.

„Was für ein Auftritt Luzeva!" Der Alkohol war ihm schon etwas zu Kopf gestiegen und sein Magen knurrte. „Sorry, das war mein Magen, ich habe den ganzen Tag noch nix gegessen."

„Perfekt! Dann gehen wir jetzt essen. Ich habe auch Appetit." Mit einem lasziven Augenzwinkern nahm sie ihr Glas in die Hand. „Den Champagner können wir bestimmt mitnehmen."

Eduards freundliche Art machte es ihr leicht, ihre Intrige in die Tat umzusetzen. Sie füllte ihn während des Essens gekonnt mit den verschiedensten Sorten Alkohol ab, um ihn dann nach allen Regeln der Kunst zu verführen. Zum Glück war er so betrunken, dass er auf ihre Annäherungsversuche gar nicht mehr reagieren konnte. Also inszenierte sie eine wilde Nacht, machte „Beweisfotos" und schickte eine SMS von Eduards Handy an Marie. Wortlaut: Weil du mich nicht mehr willst, Gruß Ed. Und dazu ein Bild mit Eduards friedlich schlafendem Kopf auf dem nackten Oberkörper einer kopflosen Frau mit perfekten Brüsten.

Eduard wachte in einem zerwühlten Bett auf. Luzevas signalroter Fummel und seine Klamotten lagen zerstreut auf dem Boden. Sie waren beide splitternackt. Sein Kopf hämmerte und ihm wurde übel. Er ging ins Bad. Er konnte sich nur noch an die ersten zwei des Sieben-Gänge-Menüs erinnern. Sie hatten über Marie gesprochen. Was war passiert?

„Ed?" Luzeva trommelte an die Badezimmertür.

„Lass mich in Ruhe."

„Ich muss mal", entgegnete sie, „ganz dringend."

Widerwillig öffnete er die Tür.

Wie Gott sie schuf, stand sie vor ihm und lächelte ihn berechnend an.

„Luzeva, was soll das? Ich kann mich an nichts, absolut gar nichts erinnern." Sie schwiegen sich ein paar Sekunden an, bis Luzeva leise anfing zu weinen. „Du hast mir versprochen, dich von Marie zu trennen, sonst hätte ich das alles nie im Leben mitgemacht. Du hast gesagt, ihr seid euch nicht mehr nah. Davon redet Marie seit Monaten, dass ihr Probleme habt und sie nicht weiß, ob ihr überhaupt noch ein Miteinander wollt. Sie sagt, das Leben mit dir fühlt sich an wie ein ausgelatschter Schuh, den bald gar nichts mehr zusammenhält."

„Was alles mitgemacht?", wollte Eduard wissen.

„Oh, du ... jetzt sag nicht, dass du das auch nicht mehr weißt!"

„Ich weiß gar nichts! Haben wir ... ich meine, haben wir wirklich?"

„Ed, du warst so wild und ungestüm, ein echter Draufgänger. Ich dachte, das liegt daran, dass ihr seit eurem Urlaub keinen Sex mehr hattet, und wie lange ist das jetzt schon her? Ein Jahr?"

„Woher weißt du das? Das ist genau ein Jahr, einen Monat und 3 Tage her!", entgegnete Eduard.

Luzeva war schockiert von der Antwort. Der totale Turnoff, dass Eduard das so genau wusste! Was hatte das zu bedeuten? Sprachlos und wütend stand sie da.

„Ich gehe zum Duschen in den Wellnessbereich und dann brauche ich Zeit für mich", sagte Eduard, „Wie soll ich das Marie erklären?"

„Das brauchst du ihr nicht zu erklären, das hast du heute Nacht schon getan. Schau auf dein Handy."

„Das wird ja immer schlimmer!" Beim Anblick der SMS wollte Eduard vor Scham versinken. „Das ist irreparabel. Das wird sie mir nie verzeihen." Er nahm seine Sachen und verschwand. Ein totaler Blackout. Das hatte es noch nie gegeben in seiner Vergangenheit. Alles andere machte auch keinen Sinn. Er war noch nie ein Draufgänger im Bett gewesen, geschweige denn wild und ungestüm. Er wollte Marie anrufen und die Sache klären. Schwermütig nahm er sein Handy in die Hand. Marie hatte schon auf sein Foto reagiert. Mit einem einzigen Satz. „Brauche eine Auszeit! PS: Deine Mutter kommt heute, um euch zu versorgen!" Wütend, resigniert und durcheinander machte er sich fertig und buchte den nächstbesten Flug nach Hause. Sein Kopf dröhnte immer noch.

Während er seine Tasche packte, ließ er Luzevas Schimpfkanonaden über sich ergehen. „Bist du jetzt fertig?" Er packte ihren Arm. „Ich bin mir nicht sicher, was du hier inszenierst, aber deine Worte machen keinen Sinn. Ich muss jetzt los, wenn ich meinen Flieger noch kriegen will. Versprich mir bitte, Marie nicht zu sagen, was passiert ist, das möchte ich selbst tun. Wir sehen uns zu Hause. Gute Besserung für Tobias." Weg war er. Marie schickte er eine SMS: „Süße, das ist alles ein riesengroßes Missverständnis. Ich lande um 15:00 Uhr, bitte sei da. Lass uns reden."

Marie fühlte sich wie ein alter Feudel, ausgenutzt und ausgewrungen. Gestern noch hatte sie sich eine Auszeit im Schlosshotel gewünscht. Aus Kostengründen hätte sie sich das jedoch nicht gegönnt. Aber jetzt sollte Eduard bluten. Sie packte ihre Sachen und fuhr einfach los. Mit jedem Kilometer, den sie hinter sich ließ, ging es ihr ein wenig besser. Fast neun Stunden musste sie fahren. Die Dunkelheit machte sie müde. Das Hotel war noch viel schöner, als irgendein Prospekt es je hätte zeigen können, allein das Lichtkonzept war ein Meisterwerk. Es verschlug ihr fast den Atem, als sie den beleuchteten Weg entlang zum Haupteingang fuhr. Nach dem Check-in schlief sie völlig erschöpft in ihrem Designerzimmer ein. Am nächsten Morgen hatte sie das Gefühl an einem Ort des Vergessens zu sein – ihre Probleme schienen Lichtjahre entfernt. Erst jetzt sah sie das Begrüßungsschreiben auf ihrem Tisch mit der Info, um 11 Uhr das Wellnessgespräch in Anspruch nehmen zu können. Sie hatte gerade noch Zeit genug, den Vitalbereich zu finden. Überall wurde sie freundlich begrüßt. Hier war nichts laut oder eilig. Jede Ecke war schön und wurde mit der nötigen Zuwendung behandelt, das wiederum wirkte sich hier anscheinend auf alle Menschen aus. Personal und Gäste trugen ein zufriedenes Dauerschmunzeln im Gesicht. Marie hatte sich der Therapeutin noch nicht richtig erklären können, da kullerten schon die Tränen.

„Frau Hoffmann, weinen Sie ruhig, das ist eine gute Einstimmung auf unser Wellnessprogramm, lassen Sie alles raus!" Mit einer wohlwollenden Geste bekam sie ein Taschentuch gereicht. Zehn lange Minuten konnte sie nicht anders und weinte einfach nur weiter. Schluchzend erklärte sie ihre Situation. „Ich tue alles für meinen Mann! Wenn sie wüssten …! Ich habe mich ja fast ausgebrannt für ihn und was habe ich nun davon? Jetzt geht er auch noch fremd!"

Mit einer Engelsgeduld erklärte die Therapeutin das Programm und versuchte, Marie auf das Loslassen einzustimmen. Für heute sollte sie sich erst einmal mit der traumhaften Umgebung befassen, ankommen und versuchen, ein bisschen zu relaxen. Sie empfahl Bücher und Marie versprach, sich noch heute alle drei ins Hotel zu bestellen. Sie war so erschöpft, dass sie den Rest des Tages und die ganze Nacht hindurch schlief, mit einer kleinen Pause fürs Abendessen.

Am nächsten Morgen hatte sie sich für den Yogakurs eingetragen. Sie wollte sich mit aller Gewalt von ihren Problemen ablenken, denn immer, wenn sie an Eduard dachte, überkam sie diese unendliche Traurigkeit und Tränen flossen ihre Wangen hinab. Als sie zurück auf ihr Zimmer kam, lag ein kleines Paket für sie da.

„Das ging aber schnell!", dachte sie und packte ihre neuen Bücher aus. Achtsamkeitstraining mit Anne Gerdes.

„Der glückliche Minimalist" von F. J. Pieper und „Liebe dich selbst – Erstens: Du!" von Thomas Meyer.

Der glückliche Minimalist war ein kleines dünnes Buch und sein glitzerndes Cover schien ihr wie ein Versprechen: „Wenn du mich liest, wirst du wieder glücklich!"

Sie brauchte keine zwei Stunden, um das Buch einmal schnell zu überfliegen. Viele der Anregungen konnte sie nur zu Hause in die Tat umsetzen, wie Bücher, Geschirr, Kleinkram und sentimentale Dinge auszusortieren, aber bei Bekleidung konnte sie sofort anfangen. Sie hatte zu Hause in Windeseile 4 große Koffer gepackt, sie wusste ja nicht, wie lange sie bleiben würde. Natürlich hatte sie viel zu viel dabei.

Wie in der Methode beschrieben, sammelte sie alle Kleidungsstücke an einem Ort, also kippte sie den Inhalt ihrer Koffer auf das Bett. Das Chaos lähmte sie. Jetzt sollte sie jedes einzelne Teil in die Hand nehmen und sich fragen: „Macht mich das glücklich?"

Ihr Handy brummte leise: Eduard Hoffmann: Neuer Anruf ohne Nachricht. Traurig drückte sie es weg. Apathisch und vor sich hin leidend nahm sie den großen Klamottenberg in Angriff. Wie in Trance nahm sie jedes Teil in die Hand und alles, aber auch alles wanderte auf den Altkleiderhaufen. Als der eine beträchtliche Höhe erreicht hatte, setzte sie sich in den gemütlichen Sessel davor. Sie hatte fast das Gefühl, von dem superweichen Chenille-Kissen umarmt zu werden, und betrachtete das Elend. Da gab es den Pulli, den sie geliebt hatte, der aber durch die vielen Wäschen nur noch einem Lumpen glich, zwei Kleider, die mittlerweile viel zu eng waren, Hosen, die noch nie richtig passten, T-Shirts in Schwarz mit hochgeschlossenen Ausschnitten, die ihre mittlerweile beträchtliche Oberweite ungünstig betonten und Blusen in Drucken, die viel zu plakativ waren.

Ihr Blick fiel auf ein Preisschild, das aus einer Jacke heraushing. 399 Euro hatte sie für den Poncho ausgegeben und ihn noch nicht ein einziges Mal getragen. Sie zog ihn über ihr schlichtes schwarzes Kleid. Das fließende Material schmeichelte ihren Kurven sehr und sie fühlte sich sofort wohl. Kragen und Säume waren dezent bestickt, ein paar wenige wunderschöne Knöpfe vollendeten diesen Traum aus Kaschmir, der nun den besten Platz in ihrem Schrank bekam. Sie fing an ihre Lieblingsteile aus dem Haufen zu ziehen, probierte alles noch einmal an und hatte zum Schluss ca. 30 Lieblingsteile im Schrank. Klar war die Einheitsfarbe Grau mit schwarzen und weißen Kombi-Teilen, aber das war eine gute Basis für ihre Lieblingsfarbe pink.

Einen edlen Seidenschal hatte sie in dieser Farbe ja schon. Als sie am nächsten Morgen ihren Schrank öffnete und nur noch die Teile vorfand, in denen sie sich richtig wohlfühlte, stellte sie fest, dass alles untereinander kombinierbar war. Nach und nach würde sie nur noch Lieblingsteile ergänzen und mehr Wert auf Form und Materialien legen. Ohne groß nachzudenken, zog sie einfach irgendetwas an und sah großartig darin aus. Das steigerte ihr Selbstwertgefühl ungemein. Sie musste sich eingestehen, dass sie in den letzten Jahren nicht wirklich gut mit sich umgegangen war. Je mehr Dinge sie anschob, um Eduard zu gefallen, umso weniger Zeit hatte sie für sich aufwenden können. Aus praktischen Gründen wurden ihre Haare immer kürzer und Sport blieb total auf der Strecke. Eduard hatte sich immer weiter von ihr entfernt, dabei wollte sie doch einfach nur geliebt werden. Ihr Handy brummte. Eduard Hoffmann: „Süße, bitte gib ein Lebenszeichen von dir, sonst muss ich dich suchen lassen. Ich vermisse dich!" Notgedrungen antwortete sie: „Mir gehts gar nicht gut. Melde mich, wenn ich kann." Sie sah sich das Foto von ihrem Eduard auf dem nackten Oberkörper dieser Frau an. So einen gestählten Körper würde sie nie erlangen, sie war weich, warm und knautschig. Eduard hatte das immer an ihr geliebt, wieso liegt er dann mit einer brettharten, durchtrainierten Silikon-Sexbombe im Bett? Und wenn er schlief, wie hatte diese Person dann das Foto gemacht und wieso? Es machte alles so gar keinen Sinn, aber eins war sicher: Sie würde achtsamer mit sich umgehen müssen, wenn sie Eduard halten wollte.

Sie las das zweite Buch.

Achtsamkeitstraining mit Anne Gerdes. In sieben Schritten zum Ich.

1. Relax! Dafür gab es keinen perfekteren Ort, als hier. In diesem himmlischn Wellnesshotel hatte sie tatsächlich Zeit, sich nur um sich selbst zu kümmern, und das tat unendlich gut. Außerdem wurde sie hier liebevoll umsorgt und mit Massagen, Wickeln und Bädern verwöhnt.

2. Wut. Man soll sich die Wut zum Verbündeten machen, las sie da. Wut hatte sie so viel aufgestaut, dass sie damit ganze Raketen ins All hätte schießen können und die blöde Sexbombe gleich mit! Wut hatte sie noch nie als Energiequelle empfunden, aber jetzt war sie fast dankbar für dieses Feuerwerk in ihr, sie musste es nur noch in die richtigen Bahnen lenken.

3. Ordnung. Das Thema würde sie zu Hause weiter in Angriff nehmen, und zwar nach der Methode: glücklicher Minimalist.

4. Negative Denkmuster loslassen. Das Schlimmste war ihr extremes Bedürfnis, geliebt zu werden. Sie sagte Ja zu allen Wünschen und Ideen, die Eduard äußerte, auch weil sie Angst hatte, er würde sie sonst nicht mehr lieben. Ihr ausgeprägtes Harmoniebedürfnis kam erschwerend hinzu. Um Diskussionen zu vermeiden, ließ sie sich ungefragt kritisieren, ließ Beleidigungen über sich ergehen und duldete Scherze auf ihre Kosten. Ihre eigenen Wünsche blieben auf der Strecke, weil sie nicht fordernd oder unbequem erscheinen wollte. Scham kam auch noch dazu. Sie schämte sich für ihren verwahrlosten Körper und hatte Eduard oft abgewiesen, wenn er kuscheln wollte oder mehr. Tränen kullerten über ihr Gesicht. Hatte sie ihn etwa in die Arme dieser Frau getrieben?

5. Glücksfaktoren finden. Das passiert beim Aufräumen von ganz allein, dachte sie. Das Buch heißt ja glücklicher Minimalist. Da finde ich genügend Anregungen.

6. Berufung. Sollte sie ihren Beruf als Architektin wieder aufnehmen? Das wollte sie nicht wirklich. Sie hatte angefangen, ihre Freiräume zu lieben. F. J. Pieper, der Autor vom glücklichen Minimalisten, hatte sich auf die Fahne geschrieben, die Welt zu organisieren, und bot Ausbildungen zum Glücks- und Organisationscoach an. Diese Idee wuchs immer mehr zu einem Plan heran.

7. Kommunikation. Aus den vielen Kommunikationsmodellen suchte sie sich eine für sie passende Kommunikationsstrategie heraus. Es half ihr, sich freundlich, aber bestimmt auszudrücken. Sie überlegte sich Standardantworten auf wiederkehrende Probleme und lernte sie einfach auswendig, um sie im passenden Moment parat zu haben.

„Liebe dich selbst – Erstens: Du!" Das dritte Buch war eine wahre Fundgrube für motivierende Erfolgsgeschichten. Immer wieder ging es um gesunden Egoismus, die eigenen Bedürfnisse und Werte. Sie erkannte, dass viele Menschen ganz ähnliche Probleme hatten und dass Selbstaufgabe niemals zum Ziel führte, eher zu Krankheit und Schmerz. Sie beschloss, noch länger zu bleiben und einen neuen Lebensentwurf für sich zu schmieden. Sie wollte sich mehr um sich selbst kümmern, die Haare wieder wachsen lassen und Sport in ihr Leben integrieren, aber als Allererstes würde sie zu Hause ausmisten. Eduard musste sie zur Rede stellen, sie wollte wissen, wer diese Frau war, und vielleicht konnte sie ihm sogar irgendwann verzeihen? Sie würde mit ihrer neuen Art zu kommunizieren ihrer Familie schonend beibringen, sie nicht mehr zu verletzen. Sie würde die Ausbildung zum Glücks- und Organisationscoach absolvieren und freiberuflich arbeiten. Sie hatte sogar wieder Lust, sich zu schminken, und kaufte sich einen pinken Lippenstift mit passendem Nagellack.

Nach drei Wochen und drei Tagen fuhr sie wieder nach Hause. Sie war sieben Kilo leichter, gepflegt und erholt, eigentlich ein neuer Mensch. Die lange Fahrt machte ihr nichts aus und half ihr sogar, ihre Gedanken zu sortieren und ihre Kommunikationsstrategien im Kopf noch einmal durchzuspielen. Als sie zu Hause ankam, lief wie immer der Fernseher. Marie hatte das schon immer gehasst. Niemand war zu sehen, aber sie hörte Eduard fluchen. „Tja jetzt sieht er mal, wie das ist, wenn die Kids einen nicht ernst nehmen", dachte sie. Als sie näher an sein Büro kam, hörte sie Luzevas Stimme:

„Ed, du hast mir klar gemacht, dass zwischen uns niemals etwas laufen wird, aber warum hast du Tobias von London erzählt? Wie konntest du das tun? Er will die Scheidung. Wir haben Gütertrennung, weißt du, was das für mich bedeutet?"

Eduard raufte sich die Haare: „Ich bin Anwalt, schon vergessen? Tobias ist mein bester Freund aus Kindertagen. Ich bin nur heilfroh, dass ich ihn überzeugen konnte, vor der Ehe klare Verhältnisse zu schaffen. Seine erste Frau hat ihn mit der Scheidung damals fast ruiniert."

Luzeva fing an zu schluchzen: „Zumindest kann ich das Auto behalten, wenn ich dir die Wahrheit sage und die Wahrheit ist, dass nichts passiert ist in London. Ich hatte das alles arrangiert. Marie hatte mir das Gefühl gegeben, eure Beziehung sei am Ende. Ich wollte dich, ich wollte das hier, ein großes Haus, ein eigenes Auto, Geld für Urlaube. Es ist einfach nicht fair, Marie hat alles und ich habe gar nichts."

„Du bist ja komplett verrückt! Das alles nur wegen Geld? Ganz ehrlich Luzeva, wenn ich nicht immer an das Gute im Menschen glauben würde, würde ich dir alles Pech der Welt wünschen! Du hast meine Ehe zerstört, ich bin nur noch ein halber Mensch! Ich hätte nie gedacht, dass ich jemanden so unendlich vermissen könnte, wie meine Marie. Ich werde sie mit Geschenken und Komplimenten überschütten. Ich liebe sie, sie ist der edelste Mensch, den ich kenne. Wenn ich nur wüsste, wo sie ist?"

„Ich bin hier!"

Vernetzt

Teil 1

„Wie fühlst du dich?" Seine tiefe Morgenstimme jagt einen Schauer der Lust über meinen Rücken. „Wie nach einer durchliebten Nacht." Tänzerisch breite ich meine Arme aus und mache sanfte wellenartige Bewegungen.

„Ich fühle mich wie der Fluss,
auf der Suche nach Flow,
der Spiegel meiner Oberfläche, ein Genuss.

Ich fühle mich wie die Sonne,
im Wettrennen mit den Wolken,
aber die haben gewonnen.

Ich fühle mich wie der Baum,
versuche, den Horizont zu streicheln,
bin aber tief verwurzelt, bewegen kann ich mich kaum."

Die kleinen Runzeln auf Marks Stirn lösen sich langsam in ein breites, liebevolles Lächeln auf, wobei seine weißen Zähne zum Vorschein kommen und sogar die etwas zu lang geratenen Eckzähne. „Wow, sehr literarisch!" Er legt eine Hand auf sein Herz und neigt den Kopf zur Seite: „Hast du dir das gerade ausgedacht?"

„Nein, es ist ein Gedicht, das ich vor ein paar Wochen geschrieben habe. Es ist mir gerade wieder eingefallen." Voller Elan stehe ich auf und küsse seine Nasenspitze: „Das macht dich zu meinem Versuchskaninchen! Du bist der erste Mensch, der jemals einen Carlotta Nielson Poetry-Slam gehört hat." Mark nimmt meine Hand und zieht mich an sich heran. Seine Hände haben Wanderlust, verschwinden unter dem flauschigen Frottee meines Bademantels und streicheln jeden Zentimeter meiner Haut, dann gräbt er sein Gesicht in mein Dekolleté, verweilt dort einen Moment und schiebt mich langsam von sich weg, mit stolzen Augen sieht er mich an.

„Ich fühle mich geehrt. Ich muss zugeben, das war exquisit. Ich hatte fast das Gefühl, du tanzt deine Worte, so grazile Armbewegungen habe ich noch nie gesehen und dein Strahlen haut mich immer wieder um! Du bist so wunderschön, ich kanns dir einfach nicht oft genug sagen. Ich bin verrückt nach dir. Nur noch zwei Tage, dann gehörst du mir, Frau Carlotta Adams. Ich mag, wie das klingt." Er lässt sich meinen zukünftigen Namen noch einmal langsam auf der Zunge zergehen. „Carlotta Adams."

„Mir gefällt mein neuer Name auch!" Energiegeladen schäle ich mich aus Marks Umarmung. „Ich kann nicht fassen, dass du in den letzten Tagen zur Arbeit gegangen bist, du hättest dich schonen sollen."

„Süße", theatralisch atmet er ein und geräuschvoll wieder aus, „ich war beim Arzt, die haben alle Tests gemacht, die man sich nur vorstellen kann. Ich bin kerngesund."

„Und was haben die zu deinen Symptomen gesagt? Seit deinen verflixten Reiseimpfungen schlägst du dich mit Husten, Kopf- und Gliederschmerzen rum und diese seltsamen Taubheitsgefühle, was haben sie dazu gesagt? Manchmal stehst du auf, nur um dich sofort wieder in den Sessel fallen zu lassen, angeblich weil deine Füße schmerzen."

Mark zieht mich auf seinen Schoß. „Diagnose: Stress, Behandlung: ausruhen und entspannen. Genau das werden wir zwei tun, und zwar schon ab Sonntag. Strand, Sonne, unsere Hochzeitsreise, ein traumhaftes Hotel." Er schließt seine Augen und atmet noch einmal ganz tief ein: „Ich kann das Meer schon fast riechen."

„Ok, ok!" Aus den fransigen Ärmeln meines Morgenmantels schaut ein etwas längerer Faden heraus, ich fange an damit zu spielen. „Was steht denn heute an bei dir?"

„Lass mich kurz überlegen", er stützt seine Hand unter das Kinn. „Wir haben mal wieder so eine Sitzung in der Zentrale. Und", er blickt mir tief in die Augen, „du weißt, wie ich ticke, ich habe gerne Ordnung in meinen Unterlagen, deswegen will ich noch den letzten Kundenabschluss fertig machen und mein neues Projekt braucht auch noch ein paar Vorbereitungen, dann habe ich den Kopf frei für unsere Flitterwochen. Morgen habe ich mir übrigens frei genommen, damit ich mich ganz in Ruhe auf unseren großen Tag vorbereiten kann. Ach ja, und packen muss ich noch. Am Samstag stehen wir beide dann endlich vor dem Altar. Und du, was ist mit dir?"

„Ich muss heute noch einmal mein Kleid anprobieren. Der Schneider macht dann die letzten Änderungen. Ich glaube, ich habe abgenommen. Ich hätte nie gedacht, dass heiraten so stressig sein kann. Morgen gönne ich mir eine Entspannungsmassage, eine Gesichtsbehandlung und eine Maniküre." Verlegen schaue ich auf meine Hände, ich mag sie nicht, obwohl sie Werbung, Poesie und Geschichten zu Papier bringen und mir ein respektables Gehalt samt all der Flexibilität bescheren, die man sich nur wünschen kann. Marks Hände auf der anderen Seite sind wunderschön, gepflegt und sie berühren mich immer, wenn ich in der Nähe bin.

„Ok Süße, ich mach mich auf. Es wird spät heute Abend, warte nicht auf mich." Er gibt mir einen schmatzenden Kuss, schnappt seine Aktentasche und ist fort. Ich starre aus dem Fenster und bleibe an der Hauswand gegenüber hängen, ein schnörkelloses Fenster reiht sich an das nächste, quadratisch und minimalistisch, ich liebe Geradlinigkeit. Nur noch zwei Tage, dann bin ich Frau Adams. Noch klingt das in meinen Ohren ungewohnt, aber es hat auch etwas Beruhigendes an sich, tiefe Dankbarkeit macht sich in meinem Herzen breit. Mark ist ein moderner Mann, ehrlich, tolerant und neuen Dingen gegenüber aufgeschlossen. Er liebt Kinder und Familienleben. Eigentlich sind wir uns nur in einem einzigen Thema uneinig und streiten sogar, wenn es darum geht.

„Naturheilkunde ist Scharlatanerie!" Sein Standpunkt ist so kleinkariert wie Millimeterpapier. Unser letzter Streit deswegen war wirklich aufreibend.

„Das ist nicht wahr." Ich hatte innerlich gekocht: „Die meisten Menschen kommen nur viel zu spät zur Naturheilkunde, nämlich dann, wenn alle anderen medizinischen Maßnahmen schon versagt haben, aber dann ist es eben auch für Heilpraktiker unmöglich, die Selbstheilungskräfte zu unterstützen, vor allem wenn der Körper schon durch Medikamente und Chemie so vergiftet ist, dass sowieso Nix mehr hilft."

Zum Glück war Mark mit extremer Diplomatie ausgestattet und fand immer die schönsten Wege der Versöhnung. Meine Mutter hatte versucht, mich zu trösten und dabei alles fast noch schlimmer gemacht:

„Kindchen, in einer Ehe sollte es keine hundertprozentige Einigkeit geben, erstens gibt es das nicht und zweitens wird das Leben sonst viel zu langweilig. Wenn dich das Thema so ärgert, solltest du es mit einem Therapeuten besprechen oder in dein Tagebuch schreiben, du schreibst doch so gerne und Schreiben hat therapeutischen Charakter, steht in jeder Frauenzeitschrift."

Die Schmierblatt-Weisheiten meiner Mutter sind zwar nervig, aber immer noch besser als der Rat des Therapeuten, eine Trennung in Erwägung zu ziehen. Ja, ich liebe es, zu schreiben. Tief in meinem Herzen träume ich davon, eine berühmte Poetry-Slammerin zu werden, die eines Tages auf einer der ganz großen Bühnen stehen würde, wenn da nur nicht dieses Lampenfieber wäre. Das monotone Ticken der Uhr wird immer lauter und das Tauziehen in meinem Kopf wird anstrengend. All die Dinge, die ich vor den Flitterwochen noch tun will im Wettkampf mit den wunderschönen Sandstränden, die auf uns warten.

„Schluss jetzt mit der Träumerei!", ermahne ich mich selbst, setze mich an meinen Schreibtisch und verfasse einen originellen Werbeslogan nach dem anderen für die kommende Kampagne. Ich mag meinen neuen Kunden, ein junges Start-up-Unternehmen, das gegen Lebensmittelverschwendung und für eine nachhaltige Zukunft kämpft. Ich hatte die Produkte sogar probiert, erfrischende Getränke aus leicht ramponiertem Obst und Gemüse, das sonst weggeworfen worden wäre. Viel später als geplant löse ich mich endlich von meinem Schreibtisch und rufe Mark an.

„Hey Süße. Wie war dein Tag?" Ich mag den fröhlichen Unterton in seiner Stimme.

„Irgendwie anstrengend und deiner?"

„Die Sitzung war eine Diskussion über Sicherheitsprotokolle, die fast den ganzen Tag dauerte und ohne nennenswertes Ergebnis endete. Ich hasse solche Termine! In Momenten wie diesen denke ich immer darüber nach, mein eigenes Unternehmen zu gründen. Versteh mich nicht falsch, A&F Consulting ist ein großartiger Arbeitgeber, aber manchmal ..."

„Das ist die Ungeduld der Jugend und daran solltest du dich nicht aufreiben. Das würde meine Mutter jetzt dazu sagen."

Wir lachen.

„Oh ja, ich kann schon fast ihre Stimme hören."

„Aber mal im Ernst", versuche ich ihn zu beschwichtigen, „du wurdest aufgrund deiner hervorragenden Diplomarbeit direkt eingestellt, eigentlich noch während du daran geschrieben hast. Sie haben dir ein großzügiges Gehalt angeboten plus erfolgsorientiertem Bonussystem und dann hat A&F das noch mit einem elektrischen Firmenwagen getoppt. Nach nur zwei Assistenzjobs hattest du schon dein erstes eigenes Projekt, das hat da noch niemand geschafft."

„Ich weiß, ich bin eben ein ungeduldiger Mensch, ich liebe es, allein und unabhängig zu arbeiten, neue Kunden und Arbeitsbereiche kennenzulernen und zu optimieren."

„Ich weiß! Aber es ist gut, hin und wieder die Kollegen bei Meetings zu treffen. Sonst wirst du noch zum Einsiedler."

„Süße, mal was ganz anderes: Am Sonntag fliegen wir nach Sri Lanka. Ich kann es noch gar nicht glauben. Das Meer, die langen Sandstrände, nur du und ich, ich bin überglücklich. Außerdem brauche ich Urlaub, ich muss einfach mal raus hier, auch wenn es nur für zehn Tage ist. Es wird eine traumhafte Hochzeitsreise und wer weiß, vielleicht kommen wir ja zu dritt zurück?"

„Du hoffnungsloser Romantiker!", ein Gähnen entweicht mir, „ich muss dringend in die Falle."

„Ok, ich brauch hier noch ein paar Stunden Zeit allein. Papierkram ist zwar nicht meine Lieblingsaufgabe, aber es ist Teil des Ganzen und die Analyse und Optimierung sind ja bekanntlich mein Highlight. Gute Nacht meine Süße, ich liebe dich."

„Ich dich auch!", mir fällt fast das Telefon aus der Hand, so müde bin ich. Das Klingeln neben meinem Kopf weckt mich auf. Schlaftrunken taste ich mich durch das Bettzeug, Mark ist nicht da, „Hallo!"

„Frau Nielson? Angela Willis hier, A&F Consulting. Es tut mir leid, dass ich sie so früh stören muss, es geht um ihren Verlobten Mark Adams." Ihre Sprechpause dauert viel zu lange und verschlägt mir die Sprache. „Er ist im Krankenhaus. Wir wissen noch nicht, was genau passiert ist, aber als ich ihn heute Morgen fand, war er schon nicht mehr ansprechbar."

Das verflixte siebte Mal

Olly hatte den gewissen Suchtfaktor. Nur ein Hauch von orientalischem Bodyspray auf seiner warmen Haut genügte, um pures Verlangen in Selina auszulösen. Ihre rosarote Brille übertünchte den Fehler, der sich immer weiter in ihr Leben geschlichen hatte. Sein Liebesspiel fühlte sich an wie ein aufregendes Tennismatch, spannend und mitreißend. Jeder Auftakt war anders, sie wusste nie, welchen Ball er spielte, und genoss die rhythmischen Seitenwechsel.

Olly konnte fantastisch kochen und durchstöberte die lokalen Wochenmärkte mit immer neuen Rezeptideen in der Tasche. „Selina, machst du mir die Tür auf?", rief er durchs Bürofenster. Sie sah, wie er die vollen Tüten balancierte, um die Heckklappe mit seinem Fuß zu schließen. Sie ließ ihre Skizzen liegen und öffnete. „Es gibt Pasta alla Olly." Lachend packten sie die Einkäufe aus. Als sie sich zur letzten Tasche runterbeugte, platzten zwei Knöpfe ihrer Hose nacheinander direkt vor seine Füße. Verlegen richtete sie sich wieder auf. Verdattert stand er vor ihr, eine Sprühflasche Fettentferner in der einen Hand und Glasreiniger – Streifenfrei in der anderen. Belustigt musterte sie ihn:

„Du siehst aus wie ein Cowboy, der sich in seinen Waffen vertan hat."

Sie lachten, plötzlich richtete er die beiden Spritzpistolen auf sie, als wollte er schießen. „Gegen Fett und gegen Streifen! Peng, peng, peng ..." Abwechselnd zückte er die Sprühflaschen und lachte sie höhnisch aus, er konnte gar nicht mehr aufhören, so witzig fand er sich gerade. Selina verstummte, seine Worte brannten sich in ihre Seele, wie ein Kugelfeuer. Tief verletzt ging sie nach draußen. Sein vergnügtes Gerede hallte nach. „Komm schon Selina, du verstehst aber auch wirklich gar keinen Spaß. Was ist denn eine Beziehung ohne Humor?"

„Ich muss hier weg!" Selina redete mehr mit sich selbst als mit Olly. Sie hatte Fluchtgedanken. Sie ging Streit am liebsten aus dem Weg, sie musste wirklich lernen, sich verbal zu verteidigen und so schwor sie sich, sechs weitere Wortgefechte auszutragen. Bei Schlagabtausch Nummer sieben würde sie ihre Sachen packen und gehen müssen, aus reinem Selbstschutz, sollte er nicht aufhören, sie zu verletzen.

„Schau mal Schatz, ich habe es gegoogelt." Er hielt ihr sein Handy hin. Sie las laut: „Die drei Pfeiler jeder guten Beziehung: Humor, Humor und nochmals Humor ..."

Er küsste ihre Tränen fort: „Komm!" Widerwillig folgte sie ihm.

„Du kannst so liebevoll sein, aber warum musst du mir immer wieder so weh tun mit diesen Witzen auf meine Kosten?"

„Das ist eben meine Art von Humor. Stell dich darauf ein! Ein Leben ohne Lachen ist wie Zahnpasta ohne Zahnbürste, einfach nur sinnlos." Lachend drehte er sich um und rührte in der Pfanne.

„Pasta alla Olly", mit wedelnden Fingern fächerte er seiner Nase das aufsteigende Knoblauch-Basilikum-Aroma aus der Pfanne zu, dann drehte er ein paar Spaghetti mit der Gabel auf und hielt ihr den Leckerbissen vor den Mund. „Mmmmm, probier mal!"

Selina wandte ihren Kopf zur Seite, aber Olly ließ nicht locker.

„Ich habe schon gedeckt!" Mit seiner heißen Pfanne fuchtelnd nötigte er sie regelrecht ins Esszimmer. „Widerstand zwecklos!", flüsterte er mit einem heißen Atemschwall in ihr Ohr. Italienische Hintergrundmusik, der Duft seiner Kochkünste und das Glas Rotwein, das er ihr reichte, waren dabei, sie zu berauschen. Die Nacht war heiß und kurz.

Der Morgen danach bereitete beiden Kopfschmerzen. Olly hatte zu viel Rotwein intus und in Selinas Kopf tanzten Vergebung und Verletzung Tango. Müde widmete sie sich Ollys Hinterlassenschaften in der Küche.

„Warum musst du immer so ein Chaos verbreiten?"

„Na da ist die Prinzessin auf der Erbse mal wieder etepetete!" Er rollte mit den Augen und verließ den Tatort.

„Kannst du nicht einfach nur ein wenig achtsamer sein?" Selina steckte ellenbogentief im Abwasch. „Ich bin nicht etepetete, du hast einfach nur ein anderes Gefühl für Sauberkeit als ich." Sie hörte, wie er die Musik immer lauter drehte und erschrak, als er sie von hinten packte und ihre Hände aus dem Wasser zog, um ein paar Runden Walzer mit ihr zu drehen.

„Der eine kocht, der andere macht sauber", und prompt tunkte er ihre Hände zurück ins Spülwasser.

Der Deal war gut, nur hatte man schlechte Karten, wenn Olly gekocht hatte, denn dann mussten auch die Küchenfronten und Griffe sowie der Boden gereinigt werden.

„Du weißt, dass du mich mit dem Wort ‚etepetete' auf die Palme bringst, warum lässt du es dann nicht? Willst du mich ärgern?" Sie wollte nicht zulassen, dass seine Spitzen nach und nach ihr mühsam erworbenes Selbstwertgefühl zerstörten. Nach ihrer Zählung addierten sich seine fortwährenden Beleidigungen zu Schlagabtausch Nummer zwei. Als sein Scheidungstermin näher rückte, hatten sie sich gerade wieder mal gestritten.

„Das sind doch Lappalien", meinte er, aber Selina empfand Ablehnung. Sie waren auf dem Rückflug von Paris. Sie hatte ihm zum Geburtstag ein französisches Wochenende geschenkt. Der Flug war total überbucht, so dass Selina nur noch ein Wartelisten-Ticket bekam. Als der Einsteigeprozess begann, konnte er gar nicht schnell genug in den Flieger steigen und ließ sie einfach stehen. Sie wartete bis zum Schluss und kam trotzdem nicht mit. Sie fühlte sich ausgenutzt und ihre Liebe bekam einen großen Sprung. Das war Punkt drei, ganz dicht gefolgt von Nummer vier, seinem neuen Lieblingssatz: „Ich hab' dich gern." „Du kannst mich mal gernhaben!"

Selina wollte von dem Mann ihres Lebens nicht gerngehabt werden, sie wollte geliebt werden.

Nummer fünf war der geplatzte Scheidungstermin. Er war einfach nicht hingegangen, obwohl er ihr zwei Wochen zuvor einen Heiratsantrag gemacht hatte. Das nagte an ihr. Sie hatte Angst in ihre alten, selbstzerstörerischen Muster zurückzufallen und ertappte sich immer wieder dabei, der Liebe wegen, ihre eigenen Bedürfnisse zu vernachlässigen. Als sie anfing, sich wieder etwas mehr auf sich selbst zu konzentrieren, reagierte er mit Eifersucht. Und dann waren da noch die vielen Fotos, die er schoss. Abgesehen von unendlichen Selfies, hatte er die Gabe, Selina in den hoffnungslosesten Momenten zu fotografieren. Wenn sie ihn bat, ungünstige Fotos von ihr zu löschen, stempelte er sie als eitel ab.

„Das ist schon seltsam, dass du mir Eitelkeit vorwirfst, wo du doch die Eitelkeit in Person bist. Du bearbeitest jedes Foto von dir", ermittelnd schaute sie ihn an.

„Ich bin nicht eitel. Ich probiere nur die verschiedensten Einstellungen meiner neuen Kamera aus."

„Lass mal sehen", bat sie ihn und war überrascht, dass er freudig seine Werke präsentierte. Da gab es unter hundert Fotos neunundneunzig Mal Olly in allen Lebenslagen und einmal Selinas Breitseite.

„Olly, lösch das bitte, das ist ja furchtbar. Wie kannst du mich so fotografieren? Hast du keine Augen im Kopf?"

„Wieso? Ich finde das schön, das bist doch du!"

Klar hatte es etwas Narzisstisches an sich, nur schöne und gelungene Fotos zu behalten, es kreierte auch ein falsches Selbstbild, aber sie konnte sich nicht vorstellen, dass irgendjemand ein wirklich demütigendes Foto von ihr schön fand.

„Wenn du nicht bereit bist, beschämende Fotos zu löschen, dann mach bitte gar keine mehr von mir!"

„Ich darf keine Fotos mehr von dir machen, auch keine Witze über dich, darf ich denn noch mit dir reden? Wenn nicht, wird es schwierig mit einer Beziehung!" Er grinste und war sich sicher, dass Selina einlenken würde, was sie tatsächlich auch tat. Er brauchte sie nur in den Arm zu nehmen. Ein stilles Leiden machte sich in ihrem Inneren breit, aber auf ihrer Liste war dies Verletzung Nummer sechs.

Olly ließ sich gehen. Die abendlichen Chips mit Bier und Chillen ließen seinen Bauch genauso wachsen wie Selinas Proportionen. Lange schon hatte sie aufgegeben, ihn zu bitten nach dem Abendessen noch einmal einen Spaziergang mit ihr zu machen.

„Selina, ich will jetzt einfach nur entspannen. Komm zu mir!"

Er liebte es, wenn sie sich an ihn schmiegte, und sie liebte es, in seinen Armen zu liegen, es tat ihnen beiden nur leider figürlich nicht gut. Selina hatte wieder Tango im Kopf. Dieses Mal tanzten Bleiben und Gehen miteinander: eins, zwei, Wie-ge-schritt, zurück, seit, ran. Sie kam zu keinem Schluss.

Melancholisch saß sie eines Abends auf der Couch. Apathisch schaute sie irgendeine Doku, ohne wirklich folgen zu können. Ihr Kopf dröhnte, sie hatte starke Gliederschmerzen und fühlte sich schlapp. Sie hatte sich eine schwere Grippe eingefangen. Mit dunklen Augenringen hing sie im Nachthemd da und hatte es den ganzen Tag über nicht geschafft, zu duschen, geschweige denn sich ordentlich anzuziehen.

„Du siehst aus, wie eine Cracknutte!", sagte Olly, als er sie so abgespannt sah und schlug sich vor Lachen auf die Schenkel. Selina war so geschockt, dass sie Stunden lang nicht reden konnte. Das Einzige, was sie an diesem Abend noch rausbrachte, war: „Du machst mich krank. Das war das verflixte siebte Mal!"

Am nächsten Morgen packte sie ihre Sachen und startete in ein neues Leben.

Gwendolines Jugendliebe

Prolog

„Ice, ice Baby ..." Sie hatte das Radio immer an. Vanilla Ice hauchte seinen Mega-Hit aus den Neunzigern in Gwendolines Küche. Bei diesem Lied hatte sie Hakon vor fast fünfundzwanzig Jahren kennengelernt. Damals hatte er sie auf den Tanzboden eines Sommerfestes gelockt, mit Warmherzigkeit und Liebe überschüttet und den ganzen Abend nicht mehr losgelassen.

Gwendoline war fasziniert von seiner unterkühlten, nordischen Herkunft, den Visionen, die er für die Firma seiner Eltern hatte und von seiner Geradlinigkeit, aber das war lange her.

„Mach das Radio aus oder schalte einen vernünftigen Sender ein." Seine Stimme hallte kalt, laut und scharf durch den Flur und erinnerte Gwendoline an den Befehlston ihres Vaters, den Oberstabsfeldwebel Breuner.

Wie ferngesteuert schaltete Gwendoline das Radio aus und verfiel in ein leises, spöttisches Selbstgespräch, so leise, dass Hakon sie nicht hören konnte:

„Vernünftigen Sender ... Was mache ich da eigentlich? Vielleicht sollte ich mal genau das Gegenteil tun? Ich hätte das Radio lauter machen müssen. Aber nein – die liebe kleine Gwendoline macht, was man ihr sagt."

Sie war sich nicht sicher, was schlimmer war, immer noch hörig zu sein oder Hakons Gefühle der Ablehnung zu spüren. Seine ständigen Nörgeleien hatten eine abwertende Macht über sie. Wie gerne hätte sie sich verteidigt und schnellstmöglich wieder Harmonie gestiftet, aber das war sinnlos. Sie war es so leid, sich Wortgefechten mit ihm auszusetzen. „Es gibt zwei Meinungen, meine und die Falsche ...", äffte Gwendoline ihn kaum hörbar nach. Hakon setzte immer seinen Willen durch und wenn doch einmal etwas so lief, wie Gwendoline es sich wünschte, fand er Wege, es ihr madig zu machen.

Resigniert ertrug sie seine Angriffe und zog sich innerlich zurück.

Lieblos bereitete sie eine Schüssel Vanilleeis für ihn zu. Der Duft von echter Bourbon-Vanille entfaltete sich rasch und Gwendoline konnte nicht anders, sie musste einfach den Eisportionierer abschlecken. Als ihre Zungenspitze das kühle Metall berührte, schrie sie kurz auf, denn für ein paar Sekunden klebte ihre Zunge förmlich an dem eiskalten Gerät. Genauso kalt und verletzend wie mein Mann, dachte sie und garnierte das Eis mit dem kläglichsten Pfefferminzblatt, das sie an der frischen Pflanze finden konnte.

„Danke Liebes." In sich hinein nuschelnd wand sie sich ab.

„Liebes! In dem Ton hättest du auch Danke Stuhl, Idiot oder Schlampe sagen können."

„Liebes", sie war zum Es mutiert und jedes Mal, wenn er Liebes zu ihr sagte, hatte sie das Gefühl, er würde ihr eine Zwangsjacke anlegen, die in ihren Augen aus abgestandener Liebe, eisiger Kälte und Besitzanspruch bestand.

Er meinte schon so lange nicht mehr, was er da sagte. Als typisches Einzelkind war er es gewohnt, dass sich alles nur um ihn drehte. Seine Manager-Position und Pedanterie machten alles nur noch schlimmer. Tagsüber musste er führen und Entscheidungen treffen. Das ruppige Gehabe brachte er abends mit nach Hause. Oft hatte sie gesagt: „Ich glaube, ich bin mit einer Dampfwalze verheiratet, die alle platt macht, die nicht parieren und weißt du was? Das erinnert mich an meine Kindheit und den scharfen Ton meines Vaters."

„Auf solche Diskussionen mit dir lasse ich mich gar nicht erst ein und Vergleiche mit deinem Vater verbitte ich mir. Ich führe ein Unternehmen mit über 200 Angestellten, da kann ich ja wohl auf die Unterstützung meiner Frau zählen, anstatt nach einem anstrengenden Tag mit Unzufriedenheit gestraft zu werden." Hakons Stimme klang herrisch und seine präzise Wortwahl machte Gwendoline mundtot. Manches Mal dachte sie an Tim, ihre Jugendliebe und fragte sich: Wie wohl ihr Leben verlaufen wäre, wenn sie ihn geheiratet hätte?

Immer wieder hatte sie sein liebes Gesicht und seine lustigen Augen vor sich. Mit seiner sonnigen Art konnte er einfach jede Situation aufhellen. Ein unangenehmer Druck umschloss ihren Brustkorb und schnürte ihr fast den Atem ab. In ihrer Fantasie wäre sie am liebsten aus ihrem Alltag ausgebrochen, aber sie stand zu ihrem Eheversprechen, in guten wie in schlechten Zeiten. Insgeheim hoffte sie sogar, Hakon könne sich auf seine alten Gefühle besinnen und Gwendolines kleine Welt wäre wieder in Ordnung, wenn auch kinderlos.

Hakon hatte sich verändert. Der unerfüllte Kinderwunsch nagte an seinem Selbstwertgefühl, seine Hobbys wurden immer zeitaufwendiger. Mit Extremsportarten, wie Heliskiing, Motorrad und Autorennen fahren sowie gelegentlichen Männer-Besäufnis-Touren lenkte er sich ab, während Gwendoline sich um seine Eltern kümmerte. Irgendwann legte sich eine bleierne Schwere über ihr Sein, vielleicht war es der Tod ihrer Mutter oder die Nebenwirkungen der vielen Medikamente? Achtzehn lange Jahre hatte sie sich allen erdenklichen Prozeduren unterzogen, Raubbau an ihrem Körper und ihrer Seele betrieben und ihre geliebte Position als Chef Designerin aufgegeben. Alles nur, um Hakons Wunsch nach einem Stammhalter gerecht zu werden. Als die Ärzte mit ihrem Latein am Ende waren, ließ Hakon sich endlich testen.

„Herr Olafson, Sie sind zeugungsunfähig."

Gwendolines Jugendliebe

ANSTALT BEFREIT INSASSEN! DER ABI JAHRGANG 1990 WIRD AUF DIE MENSCHHEIT LOSGELASSEN! Sie hatten es auf Plakate, Pappbecher und sogar auf T-Shirts drucken lassen. Tim war als Jahrgangssprecher Teil der Planungsgruppe gewesen. Der Abi-Scherz war wirklich gelungen und mit dem abschließenden Ball das langersehnte Ende dieses Lebensabschnitts. Er konnte sich noch genau an die Feier erinnern. Am Ende waren alle angetrunken und sinnierten über die Zukunft:

„Ich weiß noch gar nicht, was ich machen soll? Ich will einfach nur so weit wie möglich weg aus diesem Kaff!"

„Ich mache Interrail." Die Ideen reichten von Studieren über Lehre bis hin zum Auslandsjahr.

Tim und Gwendoline standen nebeneinander, als Gwendoline leicht angetrunken drauf los plapperte:

„Ich will Familie, mit einem tollen Mann und drei Kinder."

„Hey das ist mein Traum, also mit Frau natürlich, ich will keinen Mann heiraten. Ach, du weißt schon, was ich meine!"

„Mmmhmmm?" Gwendoline lehnte sich an ihn und schaute verliebt hoch in seine tiefgrünen Augen. „Das ist so romantisch!"

Tim legte seinen Arm um sie und stützte ihre Schulter, denn sie drohte umzukippen. Sie war süß, so leicht lallend. „Vielleicht sollten wir beide heiraten?" Er mochte sie schon immer sehr, nur war sie für seinen Geschmack eine Spur zu ausgeflippt.

„Super Idee!", antwortete Gwendoline.

„Also, wenn wir in elf Jahren noch niemanden gefunden haben, heiraten wir zwei!" Tim stapfte auf den Boden, als wollte er die Idee mit einem entschlossenen Fußabdruck besiegeln.

„Wieso elf?", fragte sie und zu beschwipst, um eine Antwort abzuwarten, „Versprochen?"

„Versprochen!", sagte er. Die Jahre vergingen.

„Papa, hallo, Konzentration!" Tim löste sich ungern aus diesem Tagtraum. „Die rufen alphabetisch auf, gleich bin ich dran, Abitur mit Auszeichnung als Jahrgangsbeste", mit leicht genervtem Singsang und großen Augen sah Isabell ihren Vater an.

„Bella, entschuldige. Ich bin so stolz auf dich. Deine Mutter wäre es jetzt auch, schade, dass sie das nicht mehr miterleben durfte." Als Tims Frau durch einen schweren Autounfall von heute auf morgen aus seiner Familie gerissen wurde, gab es lange Zeit nur zwei Dinge in seinem Leben: die Erziehung seiner Tochter und seine Karriere. Jetzt war seine Tochter fast erwachsen, bereitete sich auf ein Jahr als Au-pair in Amerika vor und wurde gerade als jahrgangsbeste Abiturientin geehrt. Sie war voller Ideen und Hoffnungen für ihre Zukunft, genau wie er einst. Eigentlich hatte er das damals mit Gwendoline und den elf Jahren ernst gemeint. So lange würde es dauern, bis er sich ausgebildet und irgendwo in leitender Funktion seiner zukünftigen Frau ein gutes Leben bieten konnte. Vielleicht hätte Gwendoline sich bis dahin kreativ ausgetobt und wäre frei für ein wunderbares, gemeinsames Familienleben?

Immer wieder kreuzten sich ihre Wege. Da war das fünfjährige Abitreffen. Gwendoline sah ausgeflippter aus, denn je. Sie studierte Industrie Design in Amsterdam und war gerade dabei ihre Diplomarbeit für eine Firma zu schreiben, die ihr einen lukrativen Job in Aussicht stellte. Tim war beeindruckt. Sie tauschten Adressen aus und versprachen, sich zu besuchen. Erst traute er sich gar nicht, sie zu kontaktieren, denn er war der Meinung, dass sie sich auf ihren Abschluss konzentrieren müsse aber mit etwas Zeitabstand rief er sie an.

„Hallo Gwendoline, hier ist Tim. Na, wie geht es der Geschäftsfrau so in Amsterdam?"

„Tim!", Gwendolines Herz machte Purzelbäume, „dass du anrufst! Wie geht es dir?"

„Gut. Du, ab September kann ich mir freinehmen und dich mal besuchen. Hättest du Zeit?"

„Da musst du schon in den hohen Norden kommen, ich bin gerade dabei umzuziehen. Um mich herum sieht es aus, als hätte eine Bombe eingeschlagen. Ich muss ausmisten und kann nur die wichtigsten Dinge mitnehmen, Norwegen ist superteuer und meine neue Wohnung ist miniklein. Am Wochenende geht es los."

Typisch Gwendoline dachte er und stellte sich vor, wie sie in ihrem Chaos saß und versuchte, sich von ihren ausgeflippten Klamotten zu trennen. Auch er musste sich trennen, von der Idee Gwendoline bald zu sehen, denn seine finanzielle Lage ließ gerade keine Reise nach Norwegen zu.

„Hat das etwa nicht geklappt mit deinem Traumjob?", fragte er.

„Doch, sogar so gut, dass sie mir angeboten haben, in Oslo direkt mit dem Juniorchef zusammen zu arbeiten. Der will nächstes Jahr nach Deutschland expandieren. Tim, das ist eine Riesenchance. Ich konnte einfach nicht Nein sagen. Hey, dafür besuche ich dich, wenn ich zurück bin, abgemacht?"

Gwendoline kam aber nicht zurück.

Am Ende des 4. Semesters, Tim hatte zwei Jahre Bundeswehr und seine Lehre hinter sich, war sie ein weiteres Mal kurz aus Norwegen in sein Leben gerauscht. Sie verbrachten ein Wochenende zusammen in seiner Studentenbude. Es war alles so ungezwungen mit ihr, fast wie unter Geschwistern, wenn da nicht so eine magische Anziehungskraft gewesen wäre, aber aus irgendwelchen Gründen hatte Tim die Liebeszeichen nicht deuten können. Monate später, in einem mutigen Moment, hatte er ihr geschrieben:

Liebe Gwendoline,

es wird Herbst um mich herum, in zwei Tagen beginnt das Wintersemester. Mein Auslandspraktikum in den USA hat einen bleibenden Eindruck hinterlassen. Der Anfang war wirklich hart und die ganze Kohle ging für Sprit und Nahrung drauf. Noah und ich haben alle möglichen Adressen abgeklappert, um irgendwo einen Job zu finden und die nötige Bescheinigung für unser Studium zu bekommen. Über seinen allerletzten Kontakt und um zehntausend Ecken haben wir das dann irgendwie hingekriegt und hatten sogar noch ein bisschen Zeit, die USA zu erkunden. Wenn ich an deinen Besuch bei mir denke, mischen sich Wut über mich selbst, Liebe und Hilflosigkeit, aber bevor ich begriffen hatte, was da in der Luft lag, warst du schon wieder weg und ich hatte Amerika vor mir.

Ich denke an dich, liebe Grüße,
dein Tim

Gwendoline las seinen Brief erst nach der Rückkehr von ihrer Hochzeitsreise mit Hakon. Ihre Tränen verschmierten die Zeilen und seine Worte verursachten einen Knoten in ihrer Magengrube. Sie schrieb zurück. Mein liebster Tim, wieso jetzt? Nun ist es zu spät! Sie brachte es aber nicht fertig, den Brief zu beenden, und schickte ihn auch nicht ab. Es wurde still um ihre Nichtbeziehung. Er heiratete ebenfalls und bekam eine Tochter.

Jahre später trafen sie sich auf einem Dorffest in ihrer Heimat. Gwendoline war da, um den Nachlass ihrer Mutter zu regeln.

Sie sah blass und krank aus, er wollte gar nicht wissen, wie dreckig es ihr wirklich ging, es hätte ihm sein Herz zerrissen. Er wünschte ihr alles erdenklich Gute und dass sie, so wie er, das Elternglück noch finden würde.

Wie es ihr wohl ging? Tim sehnte sich nach Zweisamkeit. Seit dem Tod seiner Frau hatte er einfach nur funktioniert. Jetzt hatte er den langersehnten und verdienten Posten ergattert und seine Tochter saß auf gepackten Koffern, da sie direkt eine Stelle als Au-pair-Mädchen in New York bekommen hatte.

Unter dem Vorwand, geschäftlich in Norwegen zu sein, buchte er ein Hotel in Oslo und rief Gwendoline an. Er lud sie zum Essen ein.

Es gab so viel zu erzählen. Gwendoline fühlte sich wie ein Teenager und kam sogar Tims Wunsch nach, mit ihm in sein Hotelzimmer zu gehen. Das Zimmer, mit Blick auf den Hafen, war ein Traum für Design und Techfans! Stolz zeigte er Gwendoline, wie er mit seinem Handy fast alles in dieser Suite steuern konnte, vom Türöffner bis zur Zimmertemperatur. Gwendoline ignorierte die ganze Technik und lehnte sich sehnsüchtig an die Fensterfront der Dachterrasse. Sie konnte sich nicht sattsehen an der Aussicht und er sich nicht an ihr. Er klatschte in die Hände, Gwendoline drehte sich erschrocken herum, die Jalousien gingen herunter und ein sehr echt aussehendes, elektrisches Kaminfeuer entfachte sich, knisternd, wie aus Geisterhand und leise übertönt von französischer Musik. „Typisch Tim, immer noch der kleine Romantiker von früher"

„Der kleine Romantiker ist erwachsen geworden." Langsam ging er auf sie zu. Eine fantastische Stimmungsbeleuchtung löste das immer weniger werdende Tageslicht ab. Er nahm ihre Hand, zog sie an sich heran und verwöhnte sie mit Streicheleinheiten. Das hatte sie so vermisst! Sie ließ sich ein, auf seine meditativen Berührungen. Tanzend und versunken in den Augenblick, verwöhnte er jede freigewordene Körperstelle mit seinen Händen, küsste sie oder kraulte sanft ihren Nacken. Nach und nach ließ er ihre Kleidungsstücke zu Boden sinken. Das Licht spielte und tanzte auf ihrer Haut. Gwendoline öffnete sein Hemd, ein Hauch aus Aftershave, Männlichkeit und Leidenschaft wehte ihr schlechtes Gewissen samt Schuldgefühlen davon. Tim nahm Gwendolines lange Haare im Nacken zu einem Zopf zusammen und zog ihren Kopf fordernd nach hinten runter. Ihre Lippen öffneten sich und nahmen seine suchende Zunge auf. Gwendolines Körper spannte sich an und ein Spiel von Lust und Neugier, Höhepunkt und Neuanfang, Geben und Nehmen ließ sie beide irgendwann vor Erschöpfung einschlafen. Eng umschlungen wachten sie auf.

„Hakon!"

„Das irritiert mich jetzt schon ein bisschen!" Perplex aber auch belustigt schaute Tim in Gwendolines Gesicht.

Hakon galt Gwendolines erster Gedanke. Ihr wurde flau im Magen. Unbehagen plus schlechtem Gewissen machten sich breit und dieses Halbdunkel löste eine leichte Panik in ihr aus. „Mir ist schlecht. Tim, ich kann das nicht. Ich bin seit über 25 Jahren verheiratet. Das kann ich Hakon nicht antun. Was ist bloß los mit mir?" Tim befand sich in einer Art Schwebezustand zwischen Verwirrung und Sehnsucht. „Kannst du mir bitte ein Glas Wasser geben?" Wie ferngesteuert holte er ihr eine kleine Flasche Wasser aus der Minibar. Eilig und wortlos zog sie sich an, gab ihm einen flüchtigen Kuss auf die Stirn und verließ blitzartig sein Hightech-Zimmer, als hätte sie Angst vor diesem Unwetter der Gefühle. Kaum fiel die Tür ins Schloss, konnte sie ihre Füße nicht mehr bewegen, wie angewurzelt stand sie da, nur durch diese Tür von Tim und ihrer Lust getrennt.

Tim öffnete die Tür mit den Worten: „Ich glaube, du hast etwas vergessen." Er war immer noch nackt, ließ die Tür einen Spalt breit offen, drehte sich um und hielt ihre Handtasche als Sichtschutz vor seinen schönen Po. Natürlich gelang ihm das nicht wirklich, so dass seine wippenden Pobacken sie förmlich zurück ins Schlafzimmer lockten. Sie brachen simultan in schallendes Gelächter aus und fielen erneut übereinander her.

Gwendoline fühlte sich so lebendig wie schon lange nicht mehr.

Nur eine Sommerliebe?

„Eva", liebevoll streifte Gudrun ihrer Tochter eine rote Locke aus dem Gesicht, „mach nicht den gleichen Fehler wie ich!" Mahnend hob sie ihren Zeigefinger und schien sich aufzubäumen, um dann doch sofort wieder kraftlos in die Kissen zu fallen. Die fortschreitende Demenz hatte Versteifungen von Muskeln und Gelenken sowie Schluckstörungen zur Folge. Die Bettlägerigkeit machte den Aufenthalt im Pflegeheim unabdingbar.

Es roch nach unbewegter Luft und eine Fülle von Medikamenten rangen um den ersten Platz im Einnahmekampf auf Gudruns Nachttisch.

Seltsamerweise verstand Eva das erste Mal, was ihre Mutter ihr sagen wollte. Gedankenverloren kämmte sie ihrer Mutter das Haar.

Verschwendete sie tatsächlich ihre Liebe an einen unwürdigen Kerl und hatte sie für ihn ihre Träume aufgegeben?

Wolfgang war elegant, eine echte Erscheinung, wie ihr Vater auch. Groß, erfolgreich, schwarze Haare, braune Augen und obendrein extrovertiert und hilfsbereit.

„Wie hast du dir den bloß geangelt?" Ihre Clique beneidete sie.

Evas stolze Antwort auf diese Fragen war immer die Gleiche: „Als er mich das erste Mal sah, hat er mich mit seinen Augen regelrecht verschlungen." Damals fühlte sie sich begehrenswert und konnte ihr Glück kaum fassen. Schon nach zwei Monaten zog sie zu ihm. Verliebt meisterten die beiden ihr Leben. Eva war vernarrt in seine Augen, seine samtweichen Lippen, die wilde Begierde verhießen, und seine starken Hände, mit denen er zupackte, wenn er Verlangen nach ihr hatte. Mit den Jahren verwandelte sich Glück in funktionierenden Alltag, Wolfgang hatte nie um ihre Hand angehalten und fand immer mehr Gründe, an ihr herumzunörgeln. Er teilte ungehemmt gemeine Spitzen aus.

Sätze wie diese trafen sie sehr und nagten an ihrem Selbstwertgefühl: „Schatz, ich wäre dir sehr dankbar, wenn du deine nuttigen Locken ein wenig bändigen könntest", oder, „findest du nicht, dass es so langsam an der Zeit wäre sich standesgemäß zu kleiden?", und, „jetzt bist du fast vierzig und kannst immer noch nicht kochen." Der Spruch kam das erste Mal einen Tag vor ihrem dreiunddreißigsten Geburtstag, weil ihr ein Topf Reis leicht angebrannt war. Je mehr sie sich anstrengte, ihm zu gefallen, desto respektloser ging er mit ihr um. Aus unerklärlichen Gründen liebte sie ihn trotzdem so sehr, dass sie ihm alles verzieh. Eva musste sich eingestehen, dass sie ihrer Mutter tatsächlich sehr ähnlich war und deren fügsames Gehabe perfekt kopierte. Noch heute hatte sie die Gespräche ihrer Eltern im Ohr: „Gudrun, bring mir dies, bleib hier, tu jenes ..." Evas Mutter schien das Wort ‚Nein' nicht zu kennen. Ihr devotes: „Natürlich Liebling, gerne!", war wohl Gudruns kolossalste Lebenslüge. Die ständige Auseinandersetzung zwischen Kopf und Herz hatte Gudrun über die Jahre den Verstand in Watte gepackt. Sie kam mit der Welt, wie sie ist, nicht mehr zurecht und das hatte einen Rückzug nach innen zur Folge, der sie wie ein dunkler, schwerer Vorhang nach außen abschottete.

Diesen Rückzug nach innen kannte Eva auch. Um sich vor Wolfgangs verletzenden Angriffen zu schützen, machte sie die meisten Dinge im Stillen mit sich selbst aus. Wenn sie jemanden zum Reden brauchte, vertraute sie sich Oma Irmchen an. Soziale Kontakte wurden immer weniger. Wolfgang zu gefallen, wurde zum Vollzeitjob. Spätestens als er ihr ein Botox-Abo schenkte und sie sich dieses Gift spritzen ließ, hatte sie ihren eigenen Weg und damit ihre Identität komplett verlassen.

Er manipulierte sie mit Liebesentzug. Sie wusste, dass sie etwas ändern musste, wenn sie nicht auch, wie ihre Mutter, eine Gefangene im eigenen Körper werden wollte.

Am liebsten hätte sie ihre Sachen gepackt und wäre auf den Jakobsweg gegangen, aber ihre Mutter im jetzigen Zustand allein zu lassen, brachte sie einfach nicht übers Herz. Ihr Blick fiel auf die Post, die die Nachbarin einmal die Woche vorbeibrachte. Ein hellblauer Umschlag stach aus dem Berg heraus. Eva wusste sofort, dass er von Oma Irmchen sein musste. Alle Briefe von Oma Irmchen waren hellblau und immer mit den schönsten Briefmarken aus ganz Europa verziert. Oma Irmchen hatte „Zigeuner im Blut", wie sie selbst zu sagen pflegte. Sie tourte nun schon seit zwei Jahren mit ihrem wesentlich jüngeren Freund kreuz und quer im Wohnmobil durch Europa.

Paris, 22.4.2018

Liebe Gudrun,

wir sind bald wieder in Deutschland. Manfred möchte eine Männertour im Wohnmobil mit seinem Sohn machen und ich suche mir für die Zeit ein Hotel in deiner Nähe.

Kuss, Irmchen

„Typisch Oma", dachte Eva. Sie hatte den Brief noch in der Hand, da klopfte es an Gudruns Zimmertür.

„Halloooo ...?" Irmchen sprudelte herein. „Eva Kindchen, lass dich ansehen. Mein Gott bin ich jetzt erschrocken, du siehst ja elend aus! Was ist los? Du musst mir alles erzählen. Hast du diesem Wolfgang endlich den Laufpass gegeben?"

„Omi, ich ..." Oma Irmchen war ein sehr ungeduldiger Mensch, ohne Punkt und Komma redete sie einfach weiter.

„Ach Kindchen, hol uns doch einen Tee, ich begrüße erst einmal meine Tochter." Fahrig schob sie Eva in Richtung Ausgang. Argumentieren zwecklos. Oma Irmchen war eine resolute Frau mit gesundem Egoismus, von dem sie sich gerne eine große Portion abgeschnitten hätte. Irmchen streichelte Gudruns Wange und verließ das Zimmer, dabei fing sie Eva ab. „Kindchen, ich will Gudrun nicht wecken, sie schläft wie ein Engel."

Eva hatte gehofft, Oma Irmchen mit wunderbar duftendem Jasmintee für einen Moment ruhig stellen zu können, aber Irmchen winkte mit einem bunten Flyer vor Evas Gesicht hin und her.

„Ich habe eine Reise gewonnen, für zwei Personen. Wander-
urlaub auf Alonissos. Leider machen meine Knie das nicht mehr
mit. Wie wär's? Aber wag es ja nicht, diesen Wolfgang mitzunehmen. Ich bleibe hier, kümmere mich um meine Tochter und
du fährst! Ich war da mal als ganz junges Ding, so wie du jetzt.
Weißt du, Alonissos ist ein magischer Ort, da vergisst man Zeit
und Raum. Du steigst von der Fähre und alles fällt von dir ab.
Die Insulaner sind so nett und gastfreundlich. Ich hatte mich
damals schon auf der Fähre mit Voula angefreundet. Eine ganz
verrückte Frau. Wir mochten uns auf Anhieb. Kein Wunder, im
Nachhinein stellte sich heraus, dass sie die Inselschamanin war."
Für einen kurzen Moment war Irmchen in vergangene Zeiten
entrückt, die ein süffisantes Lächeln auf ihr Gesicht gezaubert
hatten, und schon ging es weiter: „Leider habe ich den Kontakt
zu ihr verloren, aber vielleicht kannst du ja mal zu ihr wandern
und ihr ganz liebe Grüße von mir bestellen? Ich weiß noch genau, wo sie gewohnt hat, da musst du einfach die Hauptstraße
entlang, bis ..."

„Omiiiii ...!" Eva wurde etwas laut, um Irmchens Redeschwall
zu bremsen. Verdutzt schauten sich beide an und brachen in
einträchtiges Gelächter aus. „Kindchen, entschuldige, ich bin
ganz Ohr."

„Omi, ich kann hier nicht weg. Wolfgang würde es nicht er-
lauben und Mami hat so gut wie gar keine klaren Momente mehr.
Ich komme jeden Tag und schaue nach dem Rechten. Sie hat wir-
re Träume und erzählt stundenlang das Gleiche."

„Das da wäre?", fragte Irmchen.

„Ich soll nicht von meinem Weg abkommen. Ich soll wieder
zu mir selbst finden und glücklich werden."

„Also weißt du Schatz, wo sie Recht hat, hat sie Recht und
vielleicht ist das ja ihr letzter Wunsch, hier auf Erden. Dieser
Schwachkopf Wolfgang hat ja anscheinend die gleiche ver-
korkste Macht über dich, wie dein Vater sie über meine Gudrun hatte. Wolfgang hätte dir längst einen Heiratsantrag machen müssen. Alonissos wäre eine wunderbare Abwechslung
für dich und Wandern hilft, zu sich selbst zu finden. Nicht

umsonst gibt es sowas wie den Jakobsweg." Irmchen wedelte wieder mit dem bunten Flyer. „Allerdings gibt es nur einmal die Woche Flugverbindungen nach Skiathos und dann müsstest du noch mit der Fähre nach Alonissos übersetzen. Du hättest gerade mal vier Tage Zeit, diesen Wolfgang zu bearbeiten, dass er dir einen Kurzurlaub gönnt. Sag ihm doch, ich hätte dich dazu animiert. Der hat mich ja sowieso schon gefressen! Kindchen, du brauchst mal eine Auszeit von all diesem hier." Traurig schaute Irmchen auf Gudruns Zimmertür. „Das ist doch kein Leben!"

„Das habe ich heute auch das erste Mal gedacht. Wenn ich nicht irgendetwas ändere, liege ich bald genauso da."

Eva saß in der Bahn zum Flughafen. Neugierig öffnete sie Irmchens „Überlebenstäschchen für Reisende" und fand Traubenzucker, Blasenpflaster, Magentabletten und Kondome darin. Ihr Handy gab alle möglichen Töne von sich und Wolfgangs Sprachnachrichten häuften sich. Einige Passagiere warfen ihr genervte Blicke zu, aber ein blaues Augenpaar studierte sie neugierig und frech. Wie in Trance kokettierten ihre Augen mit einem verstohlenen Augenaufschlag. Sein Zwinkern war die Antwort und eine leichte Hitzewelle auf ihren Wangen, die ihre. Ihr Mimik-Duett lullte Eva ein ...

Groß, schwarze Haare, blaue Augen, leicht gebräunt, südländisch, sie konnte die Sonnenstrahlen auf ihrer Haut fast spüren. Einsame, malerische Buchten und Meeresrauschen schienen immer näher zu kommen. Dann ein plötzlicher Ruck! Eine warme Brise wehte über ihr Gesicht, gefolgt von einem deftigen Schwall U-Bahn Aroma.

Das Öffnen und Schließen der Türen holte sie in die Realität zurück.

Nur noch eine Station bis zum Flughafen. Die Vorfreude wuchs. Am Schalter konnte sie ihr Handy nicht finden, wurde auch ohne E-Ticket abgefertigt und mit einer klassischen Bordkarte ausgestattet. Da sie das alte Ding nur für das Allernötigste und zum

Telefonieren nutzte, war der Verlust nicht so schmerzhaft. Auf das kleine Guthaben auf ihrer Speicherkarte konnte sie gut verzichten, zumal sie nun für Wolfgang einfach nicht mehr erreichbar war. Als sie endlich im Flugzeug saß und den wetterbedingten, ruppigen Start verdaut hatte, überlegte sie, warum sie nicht den Mut gehabt hatte mit Wolfgang über ihre Reise zu reden. Es ruckelte immer noch und die Tatsache, dass sie einfach ihre Sachen gepackt hatte und vor ihm regelrecht geflüchtet war, ließ ihre Gedanken unruhig kreisen. Es drehte ihr fast den Magen um.

„Wir durchfliegen unterschiedliche Luftschichten und erwarten ein paar leichte Turbulenzen, da wir uns schon im Landeanflug auf Skiathos befinden, bleiben sie bitte weiterhin angeschnallt."

Die Durchsage des Kapitäns klang gestresst. Kein Wunder, dachte Eva, Oma Irmchen hatte erzählt, die Landebahn sei von Anfang an viel zu kurz gewesen und immer wieder setzten Flugzeuge zu früh oder zu spät auf und landeten im Wasser, dafür würde man aber mit einer spektakulären Aussicht auf den Hafen belohnt.

Ihre Hände umklammerten die Armlehnen, bis sie endlich wieder festen Boden unter ihren Füßen hatte. Mit dem Taxi fuhr sie nur 5 Minuten zur Fähre nach Alonissos.

Endlich an Bord beobachtete sie eine deutsche Familie mit einem Kleinkind:

„Mami, Papi, schnell! Delphine!" Sofort bildete sich ein neugieriger Mix aus Touristen und Einheimischen, die das eifrige Auf- und Abtauchen beobachteten. „Wie verspielt die sind! Und jetzt begleiten die unsere Fähre", jubelte die Kleine. Die Zerstreuung tat gut und lenkte ein wenig von ihrer Übelkeit ab.

Etwas zog euphorisch an ihrem Rockzipfel: „Ich wär soooo gerne ein Delphin, dann müsste ich nie wieder in den Kindergarten und könnte den ganzen Tag im Wasser spielen, Purzelbäume in der Luft machen oder Fontänen pusten. Was hast du denn früher am liebsten gemacht?"

Verdutzt schaute Eva an ihrem Rock herunter und sah in große, ungeduldige Kinderaugen.

„Und?", fragte die Kleine keck.

„Oh je", sagte Eva, „lass mich mal überlegen."

„Wie alt bist du denn?" Die kleinen Füße trippelten hin und her. „Meine Oma muss auch immer so lange überlegen!" Eva fühlte sich schlagartig alt. Sichtlich gelangweilt zog die Kleine ab. Ihre Eltern schnappten sie liebevoll und gaben ihr ein paar Schaukelschwünge durch die Luft. Wie gerne wäre Eva diese Mutter gewesen. Eine eigene Familie war für sie der Inbegriff des großen Glücks, aber Wolfgang wollte keine Kinder und sie hatte sich irgendwann damit abgefunden. Jetzt nahte ihr vierunddreißigster Geburtstag und sie hörte ihre biologische Uhr ticken. Eine Welle spritzte bis aufs Deck. Sie empfand das kühle Nass als Sprache der Natur und dachte für einen Moment, das Meer wollte ihre trüben Gedanken über Bord waschen.

Nach zwei Stunden und zwei Stopps auf der Insel Skopelos wurde Alonissos angesteuert. Sie war froh, endlich an Land gehen zu können, denn zwischendurch war der Wellengang so stark gewesen, dass sie sich taumelnd an der Reling hatte festhalten müssen. Ihr Kopf schwirrte und die Hitze flimmerte auf dem Hafenasphalt. In wenigen Minuten war die Fähre entladen, Eva musste nur die Straße überqueren und wartete in der Hotellobby mit Blick auf das Meer auf den Concierge.

„Eva, mach nicht den gleichen Fehler wie ich!" Dieser mahnende Satz ihrer Mutter hallte in ihren Ohren und beschäftigte sie sehr.

Sie nahm sich ganz fest vor so lange an den Wandertouren teilzunehmen, bis sie wieder wusste, was sie wollte und was sie gerne tat. Sie würde an ihre Grenzen gehen, aufgeschlossen sein und Neues wagen.

Sie hatte immer noch das Gefühl, die Wellen mit einem breitbeinigen Stand ausgleichen zu müssen und hielt sich am Griff ihres Koffers fest, beide drohten umzukippen. Gleich morgen Früh würde sie Voula suchen. Vielleicht gab es ja einen Kräuterschnaps gegen Übelkeit? Dankend nahm sie ihre Zimmerschlüssel entgegen und fragte, ob die Inselschamanin Voula bekannt sei. Der Portier antwortete mit einem nickenden „Ne."

Perplex ließ sie ihren Koffer wieder los.

„Ne heißt ja auf Griechisch", flüsterte ihr eine angenehme, mitfühlende Männerstimme ins Ohr. Zum zweiten Mal an diesem Tag verlor sich Eva in dem Blau dieser Augen. „Ich bin Sotiris." Grinsend schnappte er ihren Koffer. „Ich bring dich rüber und wenn du willst auch zu Voula."

Noch perplexer und Hilfe suchend wandte sie ihren Kopf wieder dem Portier zu. „Olla kala!", antwortete der und richtungsweisend schob er ein kurzes, erklärendes „Ok!" hinterher.

„So, da wären wir." Sotiris stellte den Koffer ab und hielt ihr den Schlüssel hin. „Kali Nichta, gute Nacht."

Eva brachte kein Wort heraus. Ihr war immer noch schlecht. Erst als Sotiris schon fast verschwunden war, rief sie ihm ein langgezogenes „Daaaanke." hinterher.

Ohne sich umzudrehen, machte Sotiris eine wirbelnde Handbewegung in der Luft und nickte mit dem Kopf. „Morgen früh um zehn Uhr bringe ich dich zu Voula", und weg war er.

Froh bei dem Anblick eine Zimmertelefons, rief sie noch schnell Irmchen an, ließ sich auf das Bett fallen und schlief erschöpft ein. Die Nacht war viel zu kurz. Nervöses Klopfen an der Tür weckte sie. Sotiris begrüßte sie mit einem freundlichen:

„Kalimera. Hast du gut geschlafen? Es ist Viertel nach zehn. Ich dachte, ihr Deutschen seid immer pünktlich?"

„Kalimera", antwortete Eva verschwitzt und mit glühenden Wangen, „Ich muss mich erstmal sortieren." Sie schaute schlaftrunken an sich hinunter und klopfte ungläubig ihren Körper ab. „Ich habe so seltsam geträumt. Es war dunkel und ich war in einem Wald und egal, in welche Richtung ich lief, da waren immer diese unheimlichen Lichterpaare. Zu Beginn waren sie bernsteinfarben, wie Wolfsaugen, dann wurden sie braun, wie die von Wolfgang und zum Schluss blau, so wie ... "

„So, wie?" Grinsend ging Sotiris ein paar Schritte auf sie zu und sah ihr tief in die Augen, nahm ihre Hände und zog sie zu sich heran.

„Ich habe Hunger", elektrisiert löste sie sich sofort aus diesem Annäherungsversuch. „Ich muss nur noch schnell duschen, ich wollte doch zu Voula."

„Na gut", sagte Sotiris, „ich hole Frühstück, während du dich fertig machst, und Voula besuchen wir später. Sie ist sowieso noch nicht zurück, sie ist immer früh mit den Wandergruppen unterwegs, wenn es noch nicht so heiß ist."

„Woher weißt du das? Und warum sprichst du so gut Deutsch?"

„Voula ist meine Mutter." Er musterte sie. „Du hast mich wahrgenommen im Zug?" Ohne eine Antwort zu erwarten, fuhr er fort: „Ich hatte meinen Scheidungstermin. Meine Exfrau ist nach der Trennung zurück zu ihren Eltern gezogen. Wir leben schon seit Jahren getrennt. Sie war meine große Liebe, aber sie konnte den Inselalltag nicht ertragen und sie wollte eigentlich keine Kinder." Sotiris zuckte resigniert mit seinen Schultern. „Weißt du, Alonissos ist ein magischer Ort, entweder verliebst du dich in die Insel und in seine Bewohner oder du kannst diese Energie hier nicht ertragen." Er drehte sich um und nahm den Zimmerschlüssel vom Tisch. „Ist es ok, wenn ich den mitnehme? Dann kann ich gleich rein und den Tisch decken, falls du noch im Bad bist."

Sie nickte. Unter der Dusche flogen Eva tausend Gedanken durch den Kopf. Voulas Sohn! Verrückte Welt! Frisch geschieden, gutaussehend, vielleicht ein bisschen älter als sie selbst. Ende dreißig, Anfang vierzig? Er war gebildet, sein Deutsch war makellos. Magisch fand sie diese Anziehungskraft, die Sotiris auf sie ausübte. Sie konnte fast seine Hände auf ihrem Körper spüren und stellte sich vor, wie er sie einseifte. Er drehte sie zur Wand, hielt ihre Arme hoch ausgestreckt über ihren Kopf und flüsterte ihr ins Ohr: „Bleib so, Koukla mou." Mit seinem Bein öffnete er ihren Schritt und erkundete genussvoll jeden Zentimeter ihrer eingeschäumten Haut. Ein intensiver Lavendelduft machte sich breit. Sie sah endlose lila Felder, die Sonne schien und eine Familie mit zwei kleinen Kindern in griechischen Trachten kam auf sie zu, ihre dunkelroten Locken wippten hin und her. Langsam verblasste die Szene, aber der Mann neben ihr unter der Dusche nahm mehr und mehr Gestalt an.

„Das ist aber sehr frech!"

„Und?" Sotiris drehte Eva zu sich.

„Es fühlt sich verdammt gut an." Sie war in der Realität gelandet und verlor sich in seinen suchenden Augen. „Es tut mir leid, aber es gab kein Frühstück mehr." Seine Hände wanderten nach einem endlosen Kuss ihren Hals hinab, streiften ihre Brüste und blieben auf ihren Hüften liegen. Liebevoll duschte er sie ab. Eva wünschte sich nichts mehr, als von Sotiris geliebt zu werden. Leidenschaftlich gaben sie sich ihren Gefühlen hin. So eine Lust hatte sie schon lange nicht mehr empfunden. Stunden später trieb sie der Hunger ins Restaurant um die Ecke. Der Kellner warf Sotiris ein anerkennendes Lächeln zu, ohne Eva aus den Augen zu lassen. Er flüsterte ihm etwas ins Ohr, beide lachten. Egal wo sie waren, dieses Begrüßungsritual wiederholte sich. Eva hatte das Gefühl mit der Liebe ihres Lebens unterwegs zu sein, gäbe es da nicht diese seltsamen Inselcasanova-Allüren.

Noch am ersten Morgen hatte er Eva seiner Mutter vorgestellt: „Du, nix sagen. Ich weiße ... Tochter von Irma! Man sieht auf Anhieb! Du siehst genauso aus wie deine Mutter vor 40 Jahren, nur andere Haarfarbe."

„Enkeltochter", korrigierte Eva, „ich soll ganz herzliche Grüße bestellen."

„Dann du gibst mir ihre Adresse und ich schreiben zurück. Wir hatten so eine schöne Zeit, damals."

Eva nickte und schrieb. „Das ist die Adresse meiner Mutter, da lässt Irma ihre Post hinschicken, sie lebt im Wohnmobil. Wenn sie wüsste, dass sie die Wanderungen machen!"

„Du, Kindchen. Du kannst Du zu mir sagen. Dann wir werden viel Zeit miteinander verbringen, wandern und so. Insel ist sehr, sehr schön. Sotiris holt dich einfach jeden Morgen ab und bringt dich auch zurück!"

Wie Oma Irmchen, so verstand sich auch Eva auf Anhieb mit Voula. Sie organisierte ihre Exkursionen mit so viel Liebe, dass jeder Ausflug zu einer Entdeckungsreise wurde, zu sich selbst, dem Inselleben, der Geschichte der Insel und seinen Bewohnern oder den Pflanzen und ihren Heilkräften. Eva wurde immer klarer, was sie wollte. Sie wollte ihr Studium beenden, sie musste ja nur noch ihre Bachelorarbeit schreiben. Sie wollte Familie und ein Kind. Mit jeder Wanderung und jedem Tag verliebte sich Eva mehr und mehr in die Insel und in Sotiris auch. Voula machte täglich Schleichwerbung für Sotiris:

„Er ist ein guter Sohn. Sehr sogar, und eine ganz tolle Tomate." Eva konnte sich ein Lachen nicht verkneifen.

„Treue Tomate, Voula, wir sagen, jemand ist eine ganz treue Tomate." Voula lachte auch.

„Ja, so. Und ein guter Vater."

Eva winkte ab. Sohn lag ihr auf der Zunge, aber sie wollte Voula nicht schon wieder verbessern. Sie war fasziniert von Sotiris und Alonissos und konnte sich sogar vorstellen, hier zu leben. Hier könnte sie noch einmal ganz von vorne anfangen. Als sie am nächsten Tag von ihrer letzten Wanderung zurückkam, sah sie Sotiris, wie er im Hafen eine junge Frau freudestrahlend begrüßte, umarmte und sie im Kreis herumwirbelte. Das brach Eva fast das Herz. Eilig suchte sie ihr Hotelzimmer auf und fing an zu packen. Sie ignorierte Sotiris' Klopfen und Flehen. Sie war zu sehr verletzt. Wie hatte sie nur auf so einen Hallodri hereinfallen können? Sie nahm die erste Fähre ganz früh am nächsten Morgen. Sie hatte sich eben noch mit der Idee angefreundet mit Sotiris ein neues Leben aufzubauen, eine Familie zu gründen, und schon fiel alles wieder auseinander. Und dann auch noch wegen eines so jungen Mädchens, das tat weh.

Irmchen lauschte Evas detailliertem Reisebericht, immer auf der Suche nach Orten, Plätzen und Personen, die sie evtl. von früher kannte.

„Sotiris hat dich ja ordentlich erwischt. Was immer da passiert ist, ich bin mir sicher, es ist anders, als du denkst. Voula könnte gar keinen Frauenhelden großziehen, da kennt sie kein Pardon. Sotiris Vater war auch so einer! Dem hat sie so eingeheizt, dass er die Insel verlassen hat."

„Siehst du, dann liegt das ja sogar in der Familie. Warum tut das nur so weh?" Eva schluchzte ungeniert drauflos.

„Kindchen, jetzt sammle dich erst mal." Irmchen druckste herum: „Ich wollte es dir eigentlich gar nicht sagen, aber ich denke, du solltest es wissen. Dr. Weiss meint, es kann nicht mehr lange gut gehen mit meiner Gudrun, ein paar Tage oder ein paar Wochen vielleicht? Ich bleibe auf alle Fälle noch ein paar Tage im Hotel. Du weißt, ich bin immer für dich da."

„Ich weiß." Das Taschentuch in ihren Händen war mittlerweile zerfleddert und durchnässt. „Wolfgang macht mir manchmal Angst und ich weiß nicht, wie er auf meine Abwesenheit reagieren wird."

„Dann bleibst du eben hier, bei mir im Hotel", war Irmchens praktische Antwort.

„Wirklich?"

„Wirklich! Jetzt bleibst du erstmal hier und morgen kannst du ihm in aller Ruhe erklären, was du vorhast." Irmchen kniff ihr in die Wange.

Wolfgang ließ sie gar nicht zu Wort kommen. Er beschimpfte sie auf das Übelste und nutzte ihr schlechtes Gewissen aus. Seine Augen blitzten vor Wut und verletztem Stolz. Animalisch, konsumierend, verachtend und lieblos machte er sich über Evas Körper her, als würde er sie mit Haut und Haaren verschlingen wollen. Kraftlos, angewidert und schuldbeladen ließ sie Wolfgangs Rachezug über sich ergehen. Sie fühlte sich benutzt, dreckig und wertlos. Ihre Gefühle drohten, sie in einen tiefen Abgrund zu ziehen. Sie versuchte, sich mit ihrer Bachelorarbeit abzulenken. Sie kontaktierte die Uni, um die rechtlichen Dinge zu klären, recherchierte tagelang, durchkämmte ihre Studienunterlagen und verfasste in wochenlanger Kleinarbeit das grobe Gerüst. Da sie andauernde Übelkeit verspürte, besorgte sie sich einen Schwangerschaftstest. Der Test war positiv. Musste sie unter diesen Umständen früher oder später zu Wolfgang zurück? Hatte er das Recht, zu erfahren, dass er Vater werden würde? Wie immer in schwierigen Lebenslagen, vertraute sie sich ihrer Omi an.

„Du musst es diesem Wolfgang sagen. Du wirst Unterstützung brauchen, auch wenn es nur finanzieller Art ist. Ein Kind allein großzuziehen, ist kein Zuckerschlecken. Bist du dir sicher, dass es von Wolfgang ist?" Irmchen war besorgt. „Und wenn alle Stricke reißen, bin ich ja auch noch da!"

„Danke Omi, alles gut, ich fahre sowieso gleich zu ihm, er hat noch ein paar Dinge gefunden, die mir gehören und ich hatte versprochen, sie abzuholen."

„Eigentlich solltest du dich auf dein Baby freuen. Und er auch."

„Das wird nicht passieren, er wird aus allen Wolken fallen bei den Neuigkeiten. Er wollte nie Kinder", mutlos wischte Eva sich mit ihren Ärmeln die Tränen weg.

„Wie? Hat er das gesagt? Wollte er deswegen nie heiraten? Kindchen, vielleicht kann er gar keine Kinder zeugen. Männer sind da ganz komisch. Mit Impotenz rühmt sich keiner gerne. Ach so, hier ist noch ein Brief von Sotiris, den Voula für dich mitgeschickt hat. Du solltest ihn lesen", vielsagend überreichte Irmchen ihr das gefaltete Blatt.

„Omi, hast du ihn etwa gelesen?"

„Ach Kindchen, das gefaltete Etwas fiel als erstes aus dem Brief heraus, natürlich habe ich es gelesen. Wer steckt denn auch einen Liebesbrief einfach so mit in die Post?"

„Ok." Entmutigt steckte Eva „den Brief" ein und machte sich auf den Weg. Im Bus las sie dann doch Sotiris' Zeilen.

Alonissos, Juni 2018

Liebe Eva,

ich habe lange überlegt, ob ich dir schreiben soll. Ich möchte dich nicht bedrängen, aber ich war drauf und dran, mich das erste Mal seit Langem wieder auf eine Frau einzulassen und zu lieben. Mit dir konnte ich mir ein Leben hier auf der Insel vorstellen und Kinder auch.
Ich kann dir nicht viel bieten, nur ein kleines Dach über dem Kopf, und die Sicherheit meiner Stelle als Lehrer. Ich bin achtunddreißig Jahre alt, geschieden und habe eine fast erwachsene Tochter, die in Deutschland lebt und mich jeden Sommer besucht.

Bitte melde dich.
Ich bin verrückt nach dir,
Sotiris

Ärger mischte sich mit Verzweiflung. Ihr Glück war zum Greifen nah, nur mit dem falschen Mann.

Das Gespräch mit Wolfgang war herzlos. Er hatte ihr gebeichtet, keine Kinder zeugen zu können. Sie war froh, nach diesem Schlagabtausch in die Stille des Pflegeheims zu entfliehen. Irmchen kam ihr bestürzt entgegen, riss sie aus ihren Gedanken und weinte einfach drauflos.

„Es geht zu Ende!"

Evas Emotionen fuhren Achterbahn, wie angewurzelt stand sie da. Irmchen nahm ihre Hand und zog sie sanft an das Bett ihrer Mutter:

„Ach Mami, ich bin da. Es ist gut. Alles wird gut." Sie hatte das Gefühl, dass ihre Mutter erst loslassen konnte, wenn Eva wirklich glücklich wäre und so erzählte sie mit ruhiger Stimme: „Ich habe jemanden kennengelernt. Wir bekommen ein Baby. Die Sache mit Wolfgang ist vorbei. Er wollte keine Kinder, weil er keine Kinder zeugen kann. Er war so besessen von mir. Er hat besitzen mit lieben verwechselt. Er tat mir nicht gut, das weiß ich jetzt. Ich mache nicht den gleichen Fehler wie du. Ich werde mein Studium beenden und nach Alonissos ziehen und eine eigene kleine Familie haben." Eva legte die Hand ihrer Mutter auf ihren Bauch: „Da wächst ein neues Leben heran. Ich bin so unendlich glücklich."

Im Netz der Verschwörung

Ein Regen aus Hundert-Euro-Scheinen fiel vom Himmel und vermischte sich mit dem Herbstlaub auf dem Boden. Das war nicht das Einzige, was Linda sah. Ein goldener Ring rollte auf sie zu. Als sie seiner Spur folgte, sah sie eine Menschenansammlung mitten auf der Straße, sie wirkten nervös und aufgeregt. Der Fremde neben ihr schaute sie ungläubig an, hob ein paar Scheine auf und ging mit einem teuflischen Grinsen davon. Sie wollte ihn aufhalten, aber da war er schon in der Menge verschwunden.

„Wer zum Teufel trägt so viel Bargeld und Schmuck in einer Handtasche?", rief ein weiterer Passant. „Vielleicht ein Dieb? Ich hoffe, er verbringt sein Leben lang im Knast!" Nickend sah er in die Runde, um Zustimmung für seine Aussage zu erhalten, aber niemand schien sich darum zu kümmern. Linda fing an, Geld und Schmuck zu sammeln, um alles dem rechtmäßigen Besitzer zurückzugeben. Sie hob einen Ausweis auf und murmelte: „Nora Ali, geboren am zwölften März, neunzehndreiundneunzig. Nur drei Jahre älter als ich." Sie war fasziniert von dem Bild dieser jungen Frau mit blonden Haaren, starkem Make-up und einem fröhlichen Lächeln, vielleicht auch weil Nora ihr selbst sehr ähnlich sah. Verstreute Visitenkarten mit goldenem Aufdruck fielen ihr ins Auge: „In Zeiten des universellen Betrugs ist es ein revolutionärer Akt, die Wahrheit zu sagen." (George Orwell)

Linda hob auch diese Karten auf. „Was für ein seltsames Zitat", dachte sie, während sie versuchte, sich ihren Weg durch die Menge zu bahnen. An der Unfallstelle ging es hektisch und chaotisch zu. Die Leute waren verärgert oder verstört und beobachteten, wie jemand versuchte, zu helfen. Gerade als sie ihren Fund einem Polizisten übergeben wollte, sah sie die junge Dame von dem Ausweis auf der Straße liegen. Sie trug kein Make-up und eine blutverschmierte blonde Perücke lag neben ihrem Gesicht und entblößte langes gewelltes, mahagonibraunes Haar.

Die fast schon zwillingshafte Ähnlichkeit zwischen ihnen beiden war frappierend.

Sanitäter begannen mit Erste-Hilfe-Maßnahmen für das Opfer und legten sie schließlich auf die Trage. Jemand reichte ihr Noras Geldbörse.

„Sie müssen die Zwillingsschwester dieser jungen Dame sein. Bitte kommen Sie mit." Ein junger Mann mit empathischer Stimme und sanften, blauen Augen schob sie in den Krankenwagen. Bevor sie etwas sagen konnte, saß Linda neben Nora und hielt ihre Hand. „Können Sie uns bitte den Namen des Opfers nennen?", fragte er. „Ihr Name ist Nora Ali." Linda war verlegen. Die Situation war so surreal. „Wird sie es schaffen?" Kaum war die Frage raus, wünschte sie, sie hätte nie gefragt.

„Um ganz ehrlich zu sein, das wissen wir noch nicht. Wir geben unser Bestes, um sie zu stabilisieren. Die Ärzte im Krankenhaus haben die richtige Ausrüstung, um alle ihre Verletzungen zu untersuchen und richtig zu behandeln." Der Mann blickte zu Boden und zeigte Traurigkeit und Mitgefühl.

Linda fing an zu weinen. Einen fast eineiigen Zwilling zu finden, so viel Blut zu sehen und für eine Handtasche voller Geld und Schmuck verantwortlich zu sein, war zu viel für sie.

„Geburtsdatum?", fragte er nach einer höflichen Weile.

„März zwölf, neunzehn-dreiundneunzig", antwortete sie mechanisch und weinte weiter ...

„Ok, junge Dame, lassen Sie Ihren Tränen freien Lauf. Das ist der beste Weg, um Traumata zu verarbeiten." Er klopfte ihr sanft auf die Schulter und nickte. „In Anbetracht ihres Outfits würde ich sagen, dass sie in der Armee sind? Wissen Sie, sie sollten nicht mit so viel Geld und Schmuck herumlaufen. Ich an ihrer Stelle würde das sofort zu einer Bank bringen." Der Krankenwagen hielt vor der Notaufnahme. „Hier sind wir! Es tut mir leid, aber Sie können nicht mit reinkommen. Bitte schreiben Sie auf, wie wir Sie erreichen können, dann gehen Sie nach Hause und ruhen Sie sich aus."

Linda tat, was man ihr sagte und ärgerte sich über sich selbst. Ihr lebenslanger Gehorsam in jeder Situation wurde für sie immer mehr zu einem Problem.

„Wir, die Kleins, dienen unserem Land, ohne wenn und aber und das schon seit Generationen", pflegte ihr Vater zu sagen. Sie vermisste ihn. Sie hatte ihre beiden Eltern bei einem gefährlichen Militäreinsatz in Afghanistan verloren, an dem ihre Eltern natürlich pflichtbewusst teilgenommen hatten. Vor einem Jahr starb dann auch noch ihr einziger Bruder plötzlich an einer Herzmuskelentzündung. Linda war sich sicher, dass es an der Impfung lag, und reichte eine Sammelklage mit anderen Menschen ein, die den gleichen Schicksalsschlag erlitten hatten. Sie hatte eine weitere Klage am Laufen, ihr eigener Fall. Sich den Impfstoff nicht impfen zu lassen, war als Angehörige des Militärs fast unmöglich, ihr Verfahren stand noch aus.

Linda war sich nicht sicher, ob sie nach Hause oder direkt zur Polizei gehen wollte. Aus unerklärlichen Gründen ging sie nach Hause, machte sich eine Tasse Tee und leerte den Inhalt von Noras Handtasche auf ihren Küchentisch. Ein roter Brief ragte heraus und da er bereits geöffnet worden war, gab Linda ihrer Neugier nach.

Berlin, 13. August. 2022

Mein liebster, süßer, kleiner Spatz,

du weißt, dass ich dich liebe, aber in letzter Zeit habe ich das Gefühl, dass uns kaum noch etwas verbindet. An Verschwörungstheorien zu glauben ist eine Sache, aber seine ganze Zeit in Hass und Wut zu investieren, ist eine andere.
Du hast einen gepackten Koffer parat und wartest fast darauf, aus unserem Land zu fliehen, weil du denkst, wir befinden uns mitten in einem Bürgerkrieg und unter totalitärer Kontrolle, das ist lächerlich. Lass diese Ideen los und komm bitte mit mir, es ist nur für ein Jahr. Schau dir das Bild an.
Erinnerst du dich, wie glücklich wir waren?

Ich liebe dich!
John

Linda schaute sich das Bild an. John und Nora hielten mit der einen Hand einen riesigen antiken Bilderrahmen und mit der anderen ein Glas Champagner, wobei sie ihre Knie statt ihrer Gesichter umrahmten. Sie waren entweder ein wenig beschwipst oder hatten einfach zu viel Spaß. Die Hochzeit von Ben und Erika, Sylt Sommer 2019, stand in goldenen Buchstaben auf den Rahmen geschrieben. Linda fühlte sich unwohl. Am liebsten wäre sie das Mädchen neben John gewesen. Er war sehr attraktiv, der einzige Fehler, den sie finden konnte, war eine große Lücke zwischen seinen oberen Vorderzähnen.

Nora, die Verschwörungstheoretikerin!

Auf dem Tisch hatten sich mittlerweile 46 ordentliche 1000-Euro-Stapel gebildet, etwas Schmuck, der Brief, ein Tagebuch, ein Ausweis und diese bedruckten Visitenkarten. Linda öffnete das Tagebuch und wurde in eine andere Welt gesaugt. Wunderschöne Bilder und Sätze zogen sie in ihren Bann. Die ersten beiden Seiten zeigten ein Visionboard für 2022. Unter den Bildern befand sich eines von einem Paar am Strand, das heiratete, ein anderes zeigte Nora, wie sie vor dem schönsten Wasserfall, den man sich nur vorstellen kann, meditierte, und ein Zeitschriftenausschnitt, der eine lange Allee voller glücklicher Menschen zeigte, die mit Transparenten für Freiheit, Frieden und Menschlichkeit demonstrierten.

Ihrer Vision folgten ein handgeschriebener Jahreskalender und ein Adressenteil. Der letzte Tagebucheintrag war von vor ein paar Tagen:

Liebes Journal, ich bin so aufgeregt!
Nur noch ein paar Tage und dann geht's endlich los. Meine Koffer sind gepackt und mein neues Leben wartet auf mich. Unsere Politiker zwingen uns eine neue Weltordnung und totalitäre Kontrolle auf. Sie beziehen sogar das Militär ein, und wenn das neue Gesetz verabschiedet wird, können sie Zivilisten für so wenig wie eine friedliche Demonstration erschießen.

„Quatsch!" Linda schlug mit der Faust so hart auf den Tisch, dass der Schmuck für eine Sekunde in die Luft hüpfte. „Wir gehen nie gegen unser eigenes Volk vor." Hitze stieg in ihr auf und erreichte ihr Gesicht. Sie las weiter:

Ich habe mein Land geliebt, aber nach all den Verschwörungstheorien, die sich bereits bewahrheitet haben, möchte ich nicht hier sein für das, was noch kommen wird. John ist nicht der, für den ich ihn hielt, hier hält mich niemand und nichts mehr ...

Es dauerte eine Weile, bis sich Lindas Wut gelegt hatte. John war wahrscheinlich der Einzige, der wusste, was sie mit Noras Schatz-Tasche anfangen sollte. Sie musste ihn finden. Sie überflog den Adressbereich, fand John Smith, John Leigh und John Meyer und beschloss, alle drei der Reihe nach anzurufen.

„Hallo?" Eine männliche Stimme, das war gut.

„Hallo, hier ist Linda, Noras Freundin, spreche ich mit ihrem Partner?" Es entstand eine Pause.

„Nun, ich war ihr Partner, aber sie hat sich entschieden, einen anderen Weg zu gehen. Wie kommen sie an meine Nummer und was kann ich für sie tun?"

„Ich bin Linda Klein, eine Freundin, oder ähm, nicht wirklich eine Freundin, eher eine Bekannte."

„Ok, Frau Klein, bitte kommen Sie zur Sache! Ich bin ein sehr beschäftigter Mensch." Seine kurze, abrupte Art und seine rauchige Stimme passten nicht zu dem Gentleman-Bild, das Linda sich in ihrem Kopf gemalt hatte. Sie versuchte, ihre Gedanken zu sammeln und fragte:

„Wissen sie, ob Nora Verwandte hat, die ich anrufen könnte? Sie hatte einen wirklich schlimmen Unfall."

Eine weitere Pause und ein milderer Ton am anderen Ende: „Das tut mir leid. Und nein, leider hat sie keine Verwandten." Wie ein nachträglicher Gedanke folgte eine ungewollte Erklärung. „Ich lebe nicht mehr in Deutschland. Ich bin letzten Monat nach Hongkong gezogen."

Sie hatte gerade aufgelegt, da klingelte das Telefon.

„Hier ist Tim, der Doktor aus dem Krankenwagen." Seine ruhige Stimme umarmte sie wie ein warmes Handtuch nach einer kalten Dusche.

„Hallo." Sie freute sich, seine Stimme zu hören.

Sein Seufzer bereitete sie auf das Schlimmste vor: „Ich habe keine guten Nachrichten. Darf ich du sagen?"

„Ja natürlich", antwortete Linda.

„Deine Schwester ist immer noch instabil. Wir tun unser Bestes, um ihr Leben zu retten. Gibt es Eltern, einen Ehepartner oder andere Verwandte, an die wir uns sonst noch wenden sollten?"

„Nein, sie ist …!" Linda korrigierte sich: „Wir sind allein. Kann ich kommen, um sie zu sehen?"

„Nein, sie liegt noch auf der Intensivstation. So würdest du sie nicht sehen wollen." Tims Mitgefühl schien durch das Telefon zu kriechen, da war diese beruhigende Stille. Er war einfach nur da, schweigend, das wollte sie nicht enden lassen, dafür sorgte dann leider Tims Pieper. „Linda, ich muss gehen, es tut mir wirklich leid, dass ich keine besseren Nachrichten für dich habe … Und", er machte eine kurze Pause, „du kannst mich jederzeit anrufen, ok? Jederzeit!" Es fühlte sich gut an, jemanden zu haben, den man jederzeit anrufen konnte. Sicher, sie hatte Freunde und Kollegen, aber das hier war irgendwie anders. Linda dachte über ihre morgige Frühschicht nach und darüber, was sie mit Noras Schatztasche machen sollte. Sie beschloss, zumindest das Geld im Gefrierschrank zu verstecken, schaltete den Fernseher ein und wollte gerade eine Pizza in den Ofen schieben, als das Telefon erneut klingelte.

„Linda?"

„Ja", es war Tim.

„Würdest du in einer halben Stunde mit mir essen gehen? La Bottega vielleicht?", fragte er.

„Was für eine grandiose Idee. Ich habe richtig Hunger."

„Ok, dann haben wir ein Date! Wir sehen uns dort um neunzehnhundert oder wie sagt man das beim Militär?"

Linda lachte. „So in der Art. Wir sehen uns dort."

„Sie hat aufgelegt, einfach so!", Tim schaute ungläubig auf sein Handy, „aber ich habe eine Verabredung!" Er machte ein paar Stepptanzschritte auf dem Weg in die Umkleidekabine. Linda war es gewohnt, sich im Handumdrehen fertigzumachen, also hüpfte sie unter die Dusche, trug leichtes Make-up auf und zog ihr kurzes, schwarzes Lieblingskleid an. Als sie den Dutt entwirrte, den sie während der Arbeit tragen musste, umrahmten schöne weiche Wellen ihr Gesicht, und das alles in weniger als 10 Minuten. Als sie nach ihrer Handtasche griff und gerade den Fernseher ausmachen wollte, schockierte sie ein News-Ticker zutiefst: Neues deutsches Gesetz verabschiedet: Der Kanzler hat nun die Befehlsgewalt über die Streitkräfte und ernennt General Fink zu seinem verantwortlichen Krisenmanager ...

Befehlsgewalt, Krisenmanager? Linda wusste, was das bedeutet. Nora sollte mit Ihren Verschwörungstheorien leider Recht behalten ...

Zufällig glücklich

Prolog

„Guten Abend, ich begrüße euch im Wünsch-dich-glücklich-Seminar. In den nächsten achtundvierzig Stunden werdet ihr kontinuierlich glücklicher. Wie das funktioniert, könnt ihr ab sofort im Selbstversuch herausfinden. Ich heiße Gerd Wissgott und mein Name ist Programm." Grinsend schaute er in die Menge. Heiterer Beifall und interessierte Gesichter belohnten seinen Auftritt. Am Mikrophon stand ein Mann, der rein optisch seinem Namen alle Ehre machte, eine Mischung aus Einstein und Weihnachtsmann. Mit einer Stimme, die Eisberge hätte schmelzen können, fuhr er fort: „Mein Leben lang schlugen zwei Herzen in meiner Brust. Das eine für die Wissenschaft, genauer gesagt für die Zellbiologie, und das andere für das Göttliche, genauer gesagt für das Geistliche. Ich habe es mir zur Aufgabe gemacht, die neuesten Erkenntnisse der Epigenetik in die Köpfe der Menschen zu transportieren. Ich möchte zeigen, wie unser Denken und Fühlen jede einzelne Zelle beeinflusst und dass Geist und Materie korrespondieren." Der Applaus unterbrach ihn. Geschmeichelt und theatralisch legte er eine Hand auf sein Herz und bedankte sich mit einer nickenden Kopfbewegung. „Jetzt freue ich mich auf gute Gespräche während der Happy Hour. Im Anschluss gibt es ein gemeinsames Abendessen."

Herr Wissgott verließ das Mikrophon und mischte sich unter seine Coachees. Er stellte sich an einen der Stehtische und plauderte drauflos. „Du, junge Dame, würdest du uns erzählen, was du als Kind gerne getan hast? Und wobei hast du Zeit und Raum vergessen?"

„Ich?" Stella zeigte ungläubig auf sich selbst. Sie musste überlegen und zog sich mental in ihre Vergangenheit zurück. In Sekundenschnelle sah sie eine Momentaufnahme nach der anderen vor ihrem inneren Auge. Da waren ihre Eltern, die sich trotz zwanzigjähriger Ehe und der Unfähigkeit, ihr Messiedasein zu meistern, innig umarmten. Stella hatte die Unordnung und Armut, in der sie aufgewachsen war, gehasst. Sie sah auch ihren Bruder, der mit Freunden heftig auf dem Schulhof diskutierte und eine Ausrede nach der anderen erfand, weil er niemanden zum Spielen mit nach Hause bringen durfte. Sie sah sich, eine Sicherheitsfanatikerin durch und durch, wie sie in ihrer Studentenwohnung sechs Sicherheitsschlösser an der Tür anbrachte. Sie sah ihre erste Gehaltsabrechnung und wie sie überlegte, wie viel sie davon aufs Sparbuch überweisen könnte, um niemals so zu enden wie ihre Eltern. Plötzlich machte ihr Herz einen kleinen Hüpfer. Da war sie, die erste Erinnerung, die Freude und nicht Angst auslöste. Sie konnte fast fühlen, wie ihr Vater ihre Hand nahm, den Bruder an der anderen und sich im Ostfriesennerz beim erstbesten Herbststurm auf den Deich begab, um sich mit seinen Kindern gegen den Wind zu lehnen. Sie glucksten und lachten vor Freude, alle drei. Der Geruch von nassem Torf stieg in ihre Nasen. Die steife Brise blies kühlen Regen in ihre Gesichter und die Flut trieb das peitschende Meer bedrohlich auf sie zu, aber der Blick auf den Jadebusen und das schwimmende Moor waren ein spannendes Naturschauspiel.

Wissgot's „Ja, genau du!" holte Stella direkt ins Jetzt zurück und ohne eine Antwort zu erwarten, fuhr er fort:

„Und Ihr? Könnt Ihr Euch erinnern?" Neugierig musterte er jeden Einzelnen. „Also dann, viel Freude in dieser Runde. Ich gehe rüber zum Nachbartisch und frage dort mal nach." Diese Begrüßungstaktik wiederholte er an allen Tischen. Wenig später fing immer lauter werdende Musik an, die Gespräche zu übertönen, bis Herr Wissgott sich seiner Zuhörer sicher war.

„Ihr Lieben, es ist serviert. Es erwartet euch die belebende Wissgott Vitalküche in diesem wunderbaren Ambiente." Stolz schaute er sich um. „Wenn ihr richtig glücklich werden wollt, könnt ihr euren Zellen schon jetzt einen epigenetischen Schub in die richtige Richtung geben, in dem ihr eure Mahlzeit würdigt und das Essen genießt. Danach empfehle ich einen Spaziergang um unseren schönen Naturteich zum Verdauen und Sauerstoff tanken. Bon Appetit!"

„Der Weihnachtsmann hat nicht zu viel versprochen. Fest für die Sinne. Gemüse ohne Ende. In allen Farben. Kräuterduft. Mediterran, oder?" Stellas Tischnachbar redete mehr mit sich selbst, als mit ihr, also gab sich Stella gar nicht erst die Mühe zu antworten. Sie hatte tatsächlich die kurze Vision, dass ihre Zellen nun dabei waren, die Vitalstoffe aus dem Essen an die Stellen im Körper zu transportieren, die diese brauchten. Der stramme Spaziergang um den Teich tat gut und sie schlief, wie ein Baby. Als sie aufwachte, fühlte sie sich überraschenderweise wirklich schon ein bisschen glücklicher als sonst. Der Mief der Stadt und die Hektik der Umstrukturierungen im Büro, all das war gerade sehr weit weg. Im Rahmen einer Strategie zur Mitarbeiterbindung hatte sie als Personalentwicklerin die Aufgabe, diverse Seminare zu sondieren und zu testen. Sie war froh, dass ihr Chef den An- und Abreisetag als Fortbildung verbucht hatte, schließlich hatte sie ihr Wochenende für die Firma geopfert und die lange Fahrt in Kauf genommen. Dafür wurde sie jetzt mit einem Wohlfühlambiente überspült, das ihre Anspannung löste. Alle Räume waren hell und freundlich, in den Fluren roch es nach Räucherstäbchen und kleine Sitzgruppen luden überall zum Verweilen ein. Die Tür zum Seminargebäude kam ihr vor wie das Tor zu einer anderen Welt. Wissgotts Ansichten hatten ihre Neugier geweckt, obwohl ihr sein Gerede eine Spur zu spirituell war. Klar, sie wollte glücklich sein. Wer will das nicht? Sich einfach glücklich zu wünschen, klang zu gut, um wahr zu sein.

Barfuß, in weißer Jeans mit schwarzem Rolli und einem Zahnpastalächeln wie aus der Werbung begrüßte er die Gruppe an diesem Tag.

„Guten Morgen, ihr lieben Geschöpfe. Ich möchte mit einer kurzen Meditation den heutigen Tag beginnen." Er spielte eines seiner selbstkreierten Tapes ab. Stella ließ sich auf die seltsam wohltuenden Klänge und Schwingungen ein, wie die anderen auch. Nach zehn Minuten und einer sehr langen Schweigepause fuhr Wissgott fort: „Wie ihr mittlerweile gemerkt habt, bediene ich mich gerne im Ausdruckslager der Bundeswehr. Ein klarer Befehl ist ein Segen für die Truppe. Euren Zellen geht es genauso. Sie warten auf den Marschbefehl. Und dieser Marschbefehl ist euer Denken und Fühlen. Wer mehr dazu wissen möchte, informiere sich bitte über die bedeutendsten Neurowissenschaftler unserer Zeit. Das Wichtigste aus diesen Forschungen ist, dass das Epi-Gen, ein kleiner Schalter, der auf dem Gen sitzt und auf sein Umfeld reagiert. Jetzt werdet ihr fragen, was ist das Umfeld? Alles um uns herum. Die Gedanken, die wir denken, die Menschen, mit denen wir uns umgeben, das zu Hause, in dem wir wohnen, die Körper, in denen wir uns bewegen, die Träume, die wir leben und so weiter. Das Großartige an der Sache ist, auf alle diese Dinge haben wir Einfluss. Wir bestimmen, was wir denken, wie wir unser zu Hause gestalten, welche Freunde wir besuchen, wie wir uns ernähren, et cetera, et cetera. Auf einer Skala von eins, gleich sehr unglücklich bis zehn, gleich sehr glücklich, wie glücklich macht dich das, was du denkst und tust?" Er machte eine kurze Pause, legte seinen Kopf zur Seite und schaute über seinen Brillenrand in die Runde. „Ok, das war vielleicht ein bisschen viel auf einmal? Ich übergebe euch für ein paar Minuten euren Gedanken und bereite in der Zeit alles vor, was wir gleich brauchen. Ihr wisst, es geht um Moodboards oder Manifestationscollagen. Das sind Motivationsbringer für euer Unterbewusstsein, der sogenannte Marschbefehl für eure Zellen." Fröhlich nahm er einen Riesenstapel Fotos und breitete sie auf den Tischen aus. Dann teilte er Din-A3-Bögen aus, auf denen in der Mitte ein großer Kreis, darin eine leere Auflistung mit 9 Punkten gedruckt war. Er bat seine Coachees, um die Tische herumzulaufen und sich die Bilder herauszusuchen, die sie ansprachen. Er ließ diese im Uhrzeigersinn auf ihre Collagen aufkleben. Nach der Mittagspause bat er sie, sich einen ruhigen Ort zu suchen, um ihre Wünsche zu den Bildern in einem knappen, aber präzisen Satz zu notieren.

Stella betrachtete ihre Auswahl. Da war der antike Safe, der jetzt als Cocktailbar diente und bestimmt aus einer Ambiente-Zeitschrift stammte. Ich brauche Sicherheit, schrieb sie dazu. Im krassen Gegensatz dazu, ein Bild von einem Mann, der per Seil über eine Schlucht balancierte, wobei das Ende im Nebel verschwand. Ich wünsche mir mehr Mut. Das Bild mit dem Gitarrenspieler und der feurigen Flamencotänzerin beschriftete sie mit: Ich würde gerne spanische Lieder auf der Gitarre spielen können. Ein anderes mit: Ich wünsche mir die ganz große Liebe. Zu sehen war ein fantastischer Strand mit türkisblauem Meer und Fußspuren, die zu einem Muschel-Mosaik in Herzform führten. Sie hatte die zwei letzten Bilder in den Händen. Das eine gab den malerischen Ausschnitt eines weißen Sprossenfensters wieder, das von einem roten Backsteinbau umrandet war. Auf dem anderen Bild blickte ein abgemagertes Kind mit aufgehaltener Bettelhand beklemmend in die Kamera.

Wissgott schaute ihr über die Schulter.

„Keine Ahnung, warum ich diese beiden Bilder ausgesucht habe?" Ratlos blickte sie ihn an.

„Das Universum wird dir zeigen, warum. Überleg dir, welches Bild du in der Gruppe neu formulieren willst. Wir haben nur noch fünf Minuten." Und weg war er wieder.

Sie entschied sich für das Schluchtenbild mit dem waghalsigen Drahtseilakt in den Nebel hinein.

„Wahnsinns Foto!" Wissgott lobte Stellas Wahl. „Was ist dein Wunsch?"

„Ich wünsche mir mehr Mut." Stella blickte schüchtern zu Boden.

„Ok, dann formuliere es in der Gegenwart, tue einfach so, als wärest du schon mutig", und in die Runde sagte er: „Wie bei euch allen, die Formulierungen müssen glaubhaft sein, ihr dürft keine Zweifel daran haben, dass es so ist."

„Ich bin mutig!", erklärte Stella. Es klang holprig, ungewohnt und dennoch willensstark. Sie war fast ein bisschen stolz auf sich.

„Was sagt ihr? Können wir das so stehen lassen? Ist es glaubhaft?" Routiniert nahm er die nickenden Köpfe wahr.

„Na, dann ...", er ging auf Stella zu und gab ihr die Checkliste. Sie sollte nur ihre Formulierung vor den vorgefertigten Text schreiben. Dann bat er sie, diesen Teil vorzulesen, um die neuen Gedanken zu verfestigen.

„Ich bin mutig. Es ist so. Ich habe es mir so sehr gewünscht und jetzt weiß ich, wie es geht und wie es sich anfühlt. Ich weiß, wer ich bin und was gut für mich ist."

„Sehr gut. Bist du nun bereit für den zweiten Teil?" Wissgott musterte sie eindringlich. „Gib die Checkliste deinem Nachbarn, er wird jetzt deine Affirmationen protokollieren. Bitte sprich langsam."

Stella nickte und begann. „Jetzt fühle ich mich ins Mutigsein hinein." Sie schloss ihre Augen und versuchte das, was sie gesagt hatte, wirklich zu empfinden. Ein Strahlen überzog ihr ganzes Gesicht. Einen Moment später öffnete sie ihre Augen wieder und jubelte in die Runde: „Ich habe mir gerade einen roten Pulli gekauft. Ich weiß es war nur eine Vision, aber es hat sich echt angefühlt."

Die Gruppe klatschte. Wissgott gebot Einhalt.

„Ruhe, ihr Lieben, da orientiert sich gerade jemand neu."

Stella badete noch einen kurzen Moment in dem Applaus. Dann formulierte sie Schritt für Schritt einen mutigen Satz nach dem anderen.

„Die graue Maus ist Schnee von gestern. Ich bin mutig. Ich habe meinem Chef die Meinung gesagt. Nicht nur ihm. Generell fällt es mir leicht, für meine Meinung gerade zu stehen. Ich habe meinen Job gekündigt. Ich mache mich als Personal-Trainerin selbstständig. Mein Bruder ist endlich wieder lieb zu mir."

„Stella, bleib bei dir." Wissgott unterbrach sie. „Wer hat aufgepasst? Was läuft hier gerade leicht aus dem Ruder?"

Gelangweilt und wortkarg gab ihr Tischnachbar vom Vorabend zum Besten:

„Kannst nicht für andere wünschen. Ich sag nur, Verzeihungsritual!"

„Sehr gut Clemens. Weißt du, was er damit meint, Stella?" Wissgott sah fast ein bisschen besorgt aus. „Es geht um dich. Nur du kannst dein Verhalten oder deine Sichtweise ändern."

„Ja, ich weiß, was Clemens meint. Ich habe mich nur nicht richtig ausgedrückt, es geht nicht um Verzeihen. Eigentlich brauche ich nur Mut, um den Kontakt zu meinem Bruder wieder aufzunehmen."

„Dann formuliere es genauso." Er gab ihr einen kurzen Moment und erklärte dann: „Wir kommen so langsam zum Ende.

Ihr habt jetzt noch ein paar Minuten Zeit, euren ersten Absatz zu verfeinern und aufzuschreiben. Zum Abschluss lese ich den restlichen Text vor und wünsche mir von euch, dass ihr das, was ich lese, anfangt zu fühlen." Er schaffte Ordnung, packte seine Sachen weg und begann langsam und anmutig mit perfekten Pausen zu lesen: „Ja, ich weiß, dass das alles noch unwirklich klingt, aber ich kann es fühlen. Ich habe es in mir. Es ist da. Ich muss es nur zulassen. Ich öffne mein Herz dafür. Ich stelle meine Antennen auf Empfang. Jetzt!" Nach einer bedeutungsvollen Pause fuhr er fort: „Nehmt eure Collagen mit, schaut sie an, hängt sie auf und denkt daran: Wenn das Glück anklopft, dann müsst ihr es auch hereinlassen. Mehr dazu morgen."

Das Seminar hielt, was es versprach. Stella bekam motivierende Denkanstöße für ihr berufliches und privates Leben. Glücklich und energiegeladen fuhr sie nach Hause.

Zufällig glücklich

Schon im Fahrstuhl roch es nach frischer Farbe. Der Flur war gesäumt von notdürftig gepackten Kartons, toten Zimmerpflanzen, überquellenden Mülleimern und Krempel aller Art. Alle Büros waren leer und neu gestrichen. Es kostete sie unendlich viel Überwindung, sich ihren Weg durch das Chaos im Flur zu bahnen. Ein Raum war gerade noch in Arbeit, dieser Raum war ihr Büro. Die Tür stand auf, aber alles war weg, keine Möbel, keine Unterlagen. Vorsichtig drehte sie sich um, in der Erwartung eine grölende, lachende Meute vorzufinden. Aber nichts, niemand hatte sich einen Scherz mit ihr erlaubt. Ihr Büro war ohne Ankündigung einfach nur leer. Wütend marschierte sie in die Chefetage. Alle Versuche, sie zu besänftigen, scheiterten. Stella wurde von der Chefsekretärin aufgehalten.

„Stella, der Chef hat ein Meeting, da kannst du jetzt nicht rein."

„Wo ist mein Büro? Wo sind meine Sachen? Ich glaub es nicht! Wie kann man so mit seinen Mitarbeitern umgehen? Jahrelang habe ich alles gegeben. Ich habe Überstunden gemacht, die nie vergütet worden sind. Ich war einfach nur froh, einen sicheren Job mit Renten und Krankenversicherung zu haben. Ich habe nie um eine Gehaltserhöhung gebeten."

„Was ist denn hier los?" Ihr Chef schaute sie ungläubig an. „Haben Sie mir deswegen großzügigerweise zwei Tage Fortbildungsurlaub genehmigt, damit sie mich einfach so hinausbugsieren können? Hinter meinem Rücken? Wollen Sie etwa, dass ich kündige? Da machen Sie es sich aber leicht. Sowas nenne ich Mobbing!" Sie hatte sich heiß geredet, ihre Wangen glühten und die Sekretärin fragte nur:

„Heißt das, Sie kündigen?"

Tränen kullerten ihre Wangen hinab.

„Natürlich heißt es das. Wo soll ich denn arbeiten, ohne Büro?"

„Sie wollen also wirklich kündigen, haben Sie …", er konnte nicht zu Ende reden.

„Ich kündige." Sie knallte ihm die Mappe mit ihren Seminarauswertungen auf den Tisch und ging. Aus lauter Frust lief sie in die Innenstadt, sie hoffte, ihr Lieblingsbistro hätte schon auf, dann würde sie sich eine ganze Flasche Wein bestellen und ihre Wut mit Alkohol ertränken. Anders als sonst nahm sie die liebevoll dekorierten Schaufenster kaum wahr. Wie oft schon hatte sie versucht, Outfits zu Hause nachzustylen, was leider immer im Desaster endete. Plötzlich fiel ihr Blick auf eine Schaufensterpuppe, nur mit einem knallroten T-Shirt bekleidet. Sie stürmte in den Laden und probierte alle roten Oberteile an, die sie finden konnte, und wählte drei trendige Teile aus. Es war zwar kein roter Pulli dabei, aber ein Mantel, eine Strickjacke und das T-Shirt aus dem Fenster. Mit zwei großen Tüten verließ sie den Laden und stolperte in ihr Bistro.

„Eine Flasche Wein, nein eine Flasche Champagner, bitte! Ich hab ja was zu feiern. Und die Käseplatte. Bitte."

„Für wie viele Personen darf ich eindecken?", fragte der Kellner.

Ungläubig drehte Stella sich um, als würde sie jemanden suchen und antwortete genervt:

„Na, wie viele Personen sehen sie denn hier?"

Ohne seine Miene zu verziehen und sehr professionell, antwortete er:

„Für eine Person, Merci Madame", ging einen Schritt zurück, hob sein Tablett in den Himmel und machte eine gekonnte 180-Grad-Drehung, um kurze Zeit später mit ihrer Bestellung zurückzukehren. Sie dachte an das Seminar und fragte sich, wie glücklich sie auf der Wissgot Skala gerade war. Ziemlich beschwipst torkelte sie Stunden später die Treppe zu ihrer Wohnung hinauf. Der Anblick ihrer Tür machte sie schlagartig nüchtern. Schockiert starrte sie in ihren Eingangsbereich auf offene, durchwühlte und ausgekippte Schubladen, das Schloss war aufgebrochen und irreparabel. Es sah aus wie eine Tatortszene im Fernsehen. Angst machte sich breit und löste langsam ihre Schockstarre ab, gefolgt von einer Heulattacke. Nach einer gefühlten Ewigkeit entwickelte sie Mut und betrat den Ort des Geschehens. Tapfer kämpfte sie sich durch ihre zerwühlten Habseligkeiten zum Telefon, um die Polizei zu rufen.

„Verlassen Sie sofort den Tatort", schimpfte der Kommissar. „Die Täter könnten noch da sein." Stella antwortete nur: „Nein, hier ist niemand mehr."

„Na gut. Dann schicke ich die Streife vorbei und Sie überlegen sich in der Zwischenzeit, ob sie Anzeige erstatten möchten. Wie ist denn ihre Adresse?" Das ganze Prozedere dauerte bis in den Abend hinein.

„Sie verstehen das nicht!", erklärte sie den beiden Polizisten. „Ich brauche Ordnung und Sicherheit. Es ist sehr schlimm für mich, dass Fremde in meine Privatsphäre eingedrungen sind, so eine Unordnung angerichtet haben und sogar meine Unterwäsche in den Händen hatten. Der Spruch auf dem Spiegel macht mir Angst. Wo soll ich denn jetzt hin?" Beruhigend wirkte einer der beiden Polizisten auf sie ein, während der andere fragte:

„Wo ist denn der Spiegel?" Sie gingen in ihr Schlafzimmer und waren ebenso entsetzt wie Stella. Über die gesamte verspiegelte Schrankwand war mit rotem Marker in Großbuchstaben geschrieben: *WIR KOMMEN WIEDER DU SCHLAMPE.*

„Sie sollten hier nicht allein sein. Haben Sie denn keine Freunde oder Verwandte, bei denen Sie übernachten könnten?", fragte der eine und

„Sie sollten Anzeige erstatten", sagte der andere. Wie entsaftet, ließ sich Stella in ihren großen Ohrensessel plumpsen: „Ich hatte vor lauter Arbeit nie Zeit für echte Freundschaften." Sie sah sich tapfer um. Das Chaos löste schmerzliche Erinnerungen an ihre Kindheit aus. „Wissen Sie, ich versteh die Welt nicht mehr! Mein Chef legt mir heute die Kündigung in den Mund und dann komme ich nach Hause und befinde mich in einem noch schlimmeren Albtraum. Hätte man mich gebeten, ich hätte alles hergegeben. Meine Eltern sind an ihrem Sammelsurium regelrecht zu Grunde gegangen. Damals habe ich mir geschworen, mein Herz nie an weltliche Dinge zu hängen." Ihr Blick fiel auf das Telefon. „Ich rufe meinen Bruder an und nein, ich möchte keine Anzeige erstatten."

Sie fühlte sich verlassen auf dieser Welt. Der letzte Tag hatte ihr alles geraubt. Identität, Selbstwertgefühl und die paar sentimentalen Wertgegenstände, die ihr wirklich etwas bedeutet hatten. Alles weg, einfach so. Sie packte das Nötigste ein und bestellte ein Taxi.

„Stella, wie schön, dass du dich meldest." Stella hörte Stimmen im Hintergrund und ein lautes „Abendessen ist fertig."

„Kinder, seid doch mal kurz ruhig. Ich bin am Telefon. Ich komme gleich mein Schatz, es ist meine Schwester."

„Liebe Grüße", hallte es zurück.

„Stella ist alles ok? Du rufst nie an, all die Jahre kein Wort von dir. Was ist los?"

„Erzähle ich dir später. Ich bin auf dem Weg zu dir, ich weiß nicht, wohin ich sonst sollte." Sie fing leise an zu schluchzen.

„So schlimm?"

„Ja."

„Na dann komm her, wir finden schon ein Plätzchen für dich."

„Danke. Ich bin schon auf dem Weg und gegen zwanzig Uhr bei Euch." Stella war erleichtert. Und das Telefonat mit ihrem Bruder lief besser, als gedacht. Der Erbstreit von damals hatte lange zwischen ihnen gestanden. Sie konnte ihm nicht verzeihen, dass er das Nachbargrundstück bekommen sollte, während sie die Messibude ihrer Eltern bekam, und er konnte ihr nicht verzeihen, dass sie seinen Versöhnungsversuch, die Entrümpelung des Elternhauses, mit keinem Wort gewürdigt hatte. Das Haus stand nun seit über 10 Jahren leer und wenn sie es genauer betrachtete, war es eigentlich das Einzige, was ihr geblieben war. Als Stella bei ihrem Bruder ankam, war sie viel zu müde, um zu reden. Sie bekam eines der Kinderzimmer und schlief bis zum nächsten Morgen. Beim Frühstück erzählte sie dann die ganze Geschichte.

„Stella, komm mal mit, ich möchte dir etwas zeigen." Widerwillig folgte sie ihrem Bruder zum Elternhaus. „Jetzt flippe bitte nicht aus! Es war Sannes Idee, du weißt, mein kleiner Putzteufel ist ein echtes Energiebündel. Sie brauchte eine Beschäftigung. Während die Kinder in der Schule sind, wollte sie sich ein paar Kröten dazuverdienen. Es ist nicht gut, wenn ein Haus leer steht und verrottet. Außerdem kostet ein Haus auch. Allein, die Grundsteuer und du wolltest dich nicht kümmern, hast einfach alles mir überlassen. Wir haben das Nötigste repariert und einmal durchgestrichen. Jetzt sind es Monteurzimmer. Sanne hat dir ein Konto angelegt und für jede Buchung etwas überwiesen, über die Jahre ist da schon ein bisschen etwas zusammengekommen ...", grinsend schloss er die Haustür auf.

„Ihr seid ja verrückt." Der Messiegestank von früher war einem herrlichen Limettenduft gewichen, die Räume waren groß und das frische Weiß der Wände verhieß Sauberkeit.

Sie fiel ihrem Bruder um den Hals. Freudentränen kullerten ihre Wangen hinab. Als sie ihn endlich wieder losließ, stellte sie sich in die Mitte der Diele, breitete ihre Arme aus und wirbelte wie ein Kind im Kreis herum.

„Das muss ich jetzt erstmal alles verdauen."

„Mach das. Ich muss zur Arbeit. Sanne hat übrigens für den Rest des Jahres keine Buchungen angenommen, wegen des Schulwechsels der Drillinge und so, sie wollte für die drei da sein. Es ist dein Haus." Er zwinkerte ihr zu und sagte: „Immer noch."

Stella war geflasht. Da saß sie nun in ihrem eigenen Reet gedeckten Bauernhaus hinterm Deich, an einem Ort, wo andere Urlaub machen und konnte ihr Glück kaum fassen.

Immer wieder marschierte sie durch die Räume, sie vergaß Zeit und Raum. Eine Idee stieg in ihr hoch: Coaching und Meer mit Stella, Dein Weg zu dir! Am Abend ging sie auf den Deich, setzte sich ins kühle Gras und schaute in den Himmel. Eine Sternschnuppe zischte so dicht herunter, dass sie sich duckte und das Gefühl hatte, ausweichen zu müssen. Die Stimme ihrer Mutter kam ihr in den Sinn:

„Stella, mein Kind, fürchte dich nicht. Am Ende wird alles gut und wenn es noch nicht gut ist, ist es auch noch nicht das Ende."

„Manchmal muss man zu seinem Glück gezwungen werden", antwortete sie leise ...

Simons Wandlung

„Was ist denn dein Problem?" Ein unangenehmer Druck machte sich in ihrer Magengrube breit und die Antwort bereitete ihr noch mehr Unbehagen. Anke verachtete oberflächliche Menschen, aber mutierte sie nicht selbst gerade zu eben einem solchen? „Hey, du?" Flora schaute sie eindringlich an. „Du liebst ihn, er liebt dich! Ihr habt Spaß, gleiche Interessen und Werte. Du sagst, ihr habt die besten Gespräche, eine sehr liebevolle Art miteinander umzugehen, wunderbaren Sex, was kann es denn da noch geben, was nicht stimmt?"

„Du wirst mich für verrückt erklären." Anke knibbelte verlegen an ihrem kleinen Finger. „Und ich schäme mich für die Antwort."

„Jetzt ist's aber gut! Hau raus!" Flora ließ ihre Fäuste auf den Tisch fallen, holte einmal tief Luft und starrte ungläubig und wartend an die Decke.

„Also gut! Haare, Klamotten und Schuhe gehen gar nicht!" Anke konnte ihrer besten Freundin noch nicht einmal in die Augen schauen.

„Ach Süße", Flora fing an zu lachen, „das ist jetzt nicht dein Ernst. Das ist nun wirklich lächerlich. Sowas kann man ändern. Vielleicht weiß er nicht, wie es geht, oder es war ihm bisher egal?"

„Ja, so sieht es für mich aus. Es ist ihm egal, das ist es, was ich sehe. Schau dich an. Ich hab dich noch nie ohne rosa gesehen. Das ist einfach süß und so bist du auch. Und der Trend zieht sich durch dein Geschäft, deine Visitenkarten und deine Wohnung. Alles mit rosa, alles süß. Bei Herrn Kaiser sehe ich Nachlässigkeit und Funktionalität, auch in seiner Wohnung und vor allem in seinem Büro. Da ist nix Schönes, als ob er gar keinen Sinn dafür hat."

„Bist du nicht ein bisschen ungerecht? Er fragt dich doch immer. Er will doch was ändern. Ich glaube, er weiß nur nicht wie. Hilf ihm, berate ihn, du hast ein echtes Gespür für Stil, er wird dir dankbar sein."

Anke machte sich tatsächlich Gedanken über Simons neues Image und legte ein Visionboard auf ihrem Laptop für ihn an. Sie überlegte, was sie so sehr an ihm mochte. Er war bodenständig, aber unkonventionell, ein echter Sonnenschein, ein bisschen frech, beruflich erfolgreich und irgendwie auch seriös. Seine Augen waren der Hammer, so blau und fröhlich. Beim Scrollen fand sie Bilder von Männern mit Bart. „Das ist es. Ein bisschen keck, aber so ist er, außerdem zieht es sein rundes Gesicht optisch in die Länge." Eines dieser Bilder, dass ihm sogar etwas ähnlich sah, arrangierte sie auf der Seite, hinzu kamen Bilder von Promis, deren Stil sie mochte. Bei nächster Gelegenheit würde sie das einfach nur im Kopf haben und mit ihm gemeinsam die Verwandlung einleiten.

Eine Woche später war es so weit:

„Schatz, wir haben diese Einladung in Berlin und ich sehe aus wie soon Yeti, kannst du mir helfen?" Simon stand vor seinem Kleiderschrank und musterte ein Teil nach dem anderen aus. Der Klamottenberg wuchs und wuchs. „Weißt du, das bin ich eigentlich gar nicht. Ich habe mich nie wohlgefühlt in diesen Sachen, aber ich weiß überhaupt nicht, wie guter Stil geht. Wenn ich so neben dir stehe", er zog Anke zu sich heran, „und diese wunderbare Frau an meiner Seite habe, muss ich doch auch standesgemäß aussehen, oder?"

„Im Ernst? Du möchtest eine Stilberatung?", sie löste sich aus seiner Umarmung und trat zwei Schritte zurück, musterte ihn eindringlich und sagte: „Na gut, Herr Kaiser, dann müssen wir aber einiges ändern."

„Du kleine Ratte", mit offenen Armen kam er auf sie zu, stolperte über den Klamottenberg und lag ihr zu Füßen.

„Oh mein Gott, Simon!", sie kniete sich zu ihm, „alles ok?" Blitzschnell hatte er ihre Hände gepackt und sie in eine Art Schwitzkasten genommen, er überhäufte sie mit Küssen, Knuddeln und Liebkosungen. Lachend lagen sie nebeneinander.

„Du hast Recht", sagte sie, „dein Stil passt nicht zu deinem Charakter."

„Dann hilf mir, dass es passt. Für mich mussten Klamotten bisher immer nur praktisch sein, Arztkittel drüber und fertig aber ich bin wohl an einem neuen Punkt in meinem Leben angekommen, wo das nicht mehr reicht."

„Was darf ich denn an meinem Yeti alles verändern?", liebevoll zauste sie in seinen Haaren herum.

„Alles. Forme mich, wie du möchtest. Ich bin für dich, wie das Wachs in den Händen von Madame Tussauds."

Als erstes machte Anke einen Termin für ihren Yeti beim Barbier und dann ging es in das größte Kaufhaus am Platz. Nach einem Outfit Marathon in der Herrenabteilung und mit vollgepackten Tüten gönnten sie sich ein Abendessen in ihrem Lieblingsrestaurant. Zwei Tage später ging es zum Ärzte-Ball nach Berlin. Der krönende Abschluss war das Brunch-Büffet am nächsten Morgen.

„Der Abend war fantastisch, was meinst du? Hat es dir auch gefallen? Keine Ahnung, wie oft ich gehört habe, oh Dr. Kaiser, ich habe sie gar nicht erkannt." Simon schmunzelte in sich hinein.

„Ja, das habe ich gehört. Du hast dich auch anders benommen als sonst. Du hattest eine ganz andere Haltung und du hast viel selbstbewusster gewirkt als sonst." Anke lehnte sich zurück und betrachtete Simon. „Ich glaube wirklich an den alten Schnack: Kleider machen Leute."

Intelligente Stadtoase

Tränen liefen über Gerhards heißen, roten Handabdruck auf Xenias Wange. Der Schmerz brannte nicht nur auf ihrem Gesicht, er brannte sich auch ein, in ihr Herz und in ihren Kopf, noch nie hatte jemand sie geschlagen. „Ich werde dafür sorgen, dass du alles verlierst. Du bekommst keinen Cent mehr von mir. Wir sehen uns vor dem Scheidungsrichter." Das Funkeln und Scannen seiner Augen machten ihr Angst. Sie hatte auf eine liebevolle Begrüßung gehofft, einen Neuanfang vielleicht. „Wie konntest du mir das antun?" Er wandte sich ab, dann drehte er sich wieder um: „Du hast noch nicht einmal den Mumm gehabt, mit mir zu reden. Ich kriege einen Zettel! Mach dir keine Sorgen, bin am 13.3. zurück, in Liebe Xenia." Er schüttelte den Kopf. „Das ist keine Liebe, nicht in meiner Welt." Xenia brachte kein Wort heraus. „Du hast mir nichts zu sagen?" Er kam ihr bedrohlich nah, dann schnappte er ihre Koffer und schmetterte sie zurück vor die Tür. „Hau ab, ich will dich hier nie wieder sehen."

Ohne sie anzusehen, drängte er sie zurück vor die Tür und riss ihr den Schlüssel aus der Hand.

Da stand sie nun, mit gepackten Koffern, ihren Kopf wie in Watte gehüllt, als wolle er sich vor Gerhard schützen. Ein Schüttelfrost jagte Gänsehaut über Xenias Rücken und riss sie aus ihren Gedanken. Es war kalt und ein Wunder, dass Gerhard sie nicht auch noch zur anderen Straßenseite gezerrt hatte, vor lauter Wut. Ihre Ehe war am Ende, lange vor ihrer Reise. Gerhard war krankhaft eifersüchtig, schon immer, das hatte nach und nach ihre Liebe zerstört. Sie starrte auf den Boden, wo sollte sie denn hin? Zurück nach Mallorca? Dafür würden ihre Mittel nicht reichen. Sie hob die Zeitung auf. Eine fett gedruckte Zeile in Großbuchstaben zog sie in ihren Bann:

SMART CITY LIFE BERLIN
Werde Teil unserer ersten grünen Smart City!
Bewirb dich jetzt und genieße alle Vorteile einer Smart City.
Du wirst nichts besitzen, aber glücklich sein.
Die Stadt der Zukunft ist smart, stressfrei, sicher, grün und
kostenlos.
Wohnraum und Sozial Credit Vergabe sind noch bis
Ende März 2025 möglich.

Da war sie, ihre Chance! Teil einer grünen und überwachten
Community zu sein, das gab ihr ein Gefühl von Sicherheit, umsonst wohnen und leben half ihr fürs Erste aus ihrem Dilemma.
Sie wusste, Gerhard würde keine Ruhe geben und sich rächen
wollen, aber er würde niemals eine Smart City betreten, mit
diesem neumodischen Kram wollte er nie etwas zu tun haben.

Eine Woche später befand sie sich in einer anderen Welt.
„Xenia Hoffmann, herzlich willkommen, im ersten Smart
City District Berlins. Danke, dass du dich für Smart City Life
entschieden hast." Die Armbanduhr, die sie bekommen hatte,
war ihr sprechender Begleiter und schenkte ihr sogar ein Gefühl von Geborgenheit, dies war ihr Schlüssel für alles und zu
allem. In naher Zukunft wollte man das durch Mikrochips unter der Haut ersetzen und erste Tests liefen schon, spätestens
2026 könne man seine Uhr gegen den Chip tauschen.

„Kann ich dir helfen?", eine ausgestreckte Hand griff nach ihren Koffern, „ich bin Tobias, dein Nachbar."
„Das ist ja nett, Dankeschön. Ich bin Xenia." Gemeinsam stie-
gen sie die letzten Stufen hinauf. Sie kramte nach dem Schlüssel in ihrer Tasche.
„Versuchs mal mit der Uhr! Ist noch alle ziemlich neu für
dich, hm? Wenn dir das digitale Gequatsche ...", er tippte mit
seinem Zeigefinger auf Xenias Uhr, „auf die Nerven geht, komm
rüber. Ein paar Programme kann ich dir ganz leicht überschrei-
ben." Mit einem vielsagenden Zwinkern schubste er ihre Koffer

durch die Tür. „Witzig, oder? Die meisten Menschen, die hier leben denken, sie leben in einer smarten, also einer intelligenten Stadt, in Wirklichkeit steht S.M.A.R.T. aber für etwas ganz anderes." Xenia schaute ihn fragend an.

„S.M.A.R.T. steht für:

Surveillance = Überwachung,
Monitoring = Beobachtung/Überwachung,
Analysis = Analyse,
Reporting = Berichterstattung,
Technology = Technologie

und wenn das alles in falsche Hände gerät, na dann Gute Nacht!", damit drehte er sich um und verschwand in seiner Wohnung gegenüber.

„Noch ist es ja wohl in den richtigen Händen, oder?", rief sie ihm nach. Schnell gewöhnte sie sich ein. Jeden Morgen wurden ihr 1000 Punkte gutgeschrieben. Nach Abzug aller Leihgebühren für das tägliche Leben blieben ihr 300 Punkte. Eine Urlaubsreise kostete 300.000 Punkte, das könnte sie sich also frühestens in circa 3 Jahren leisten, also sparte sie darauf hin. Sie hatte nur einmal ihren District verlassen müssen, zum Scheidungstermin, der hatte sie über 1000 Punkte gekostet, aber dafür hatte sie von ihrem Ex-Mann jetzt nichts mehr zu befürchten. Trotz ihrer Sparsamkeit leistete sie sich ein Meta-Verse-Abo für einen Punkt pro Tag und liebte es, jeden Nachmittag in diese virtuelle Welt abzutauchen, da konnte sie alles sein und tun. Sie legte sich ins Bett und setzte ihre VR-Brille auf, ihrer Fantasie waren keine Grenzen gesetzt, aber immer, wenn es spannend wurde, kam eine weitere Bezahlschranke.

„Soll ich, soll ich nicht?" Sie konnte nicht anders, klickte die Schranke weg und verschmolz mit ihrem digitalen Ich. Das leichte Vibrieren an ihrem Arm holte sie langsam in die Realität zurück.

„Dies ist dein digitaler Weckanruf. Dein Sozial Kredit System weist einen negativen Kontostand auf. Ab Minus zehntausend Punkten wirst du zur Resozialisierung abgeholt."

Xenia starrte an die Decke, – 9795 blinkte in unverschämt großen Zahlen auf sie herab. Die Projektion an der Decke wirkte bedrohlich. Widerwillig stand sie auf. Sie liebte die Annehmlichkeiten des digitalen Lebens und ihren grünen CO_2-Abdruck, aber immer öfter wünschte sie sich die alten Zeiten zurück ohne ständige Überwachung und Sozial Credit System. Sie wollte gerne wieder einmal raus, irgendwohin fliegen, aber dazu bräuchte sie 300.000 Extrapunkte. Es gab keinen Besitz, alles war geliehen und für alles, was man sich lieh, wurden Punkte abgezogen. Der Alltag ödete sie an, klar sie hatte keine Kosten und es gab jeden Tag 1000 neue Punkte, aber eigentlich hatte sie ihre Seele verkauft. Was einst so gut geklungen hatte, entpuppte sich als die totale Versklavung der Menschheit. Sie hatte Angst, ihr Haus zu verlassen, weil sie sich nicht sicher war, ob sie aufgrund ihres Scores Wiedereintritt erhielt. Ein junger Nachbar hatte neulich in bitterer Kälte vor seiner Haustür schlafen müssen.

Der einzige Ausweg war das Social Credit Institut, dort konnte man sich in diverse Pluspunktsysteme eintragen lassen, die Liste war lang, eine Eizellen- oder Samenspende für KÜGEMU (Künstliche Gebärmutter, eine Organisation, die Designer Babys versprach) brachte 300.000 Punkte, war aber nur einmalig möglich und hatte Sterilität zur Folge, Sozialstunden zum Müllsortieren, Begrünen oder Straßenfegen ergab 100 Punkte/Stunde.

Sie bewarb sich für einen 300.000 Punkte-Deal.

„Xenia Hoffmann, bitte." Xenia trat ein. Das Büro roch nach Desinfektionsmittel, die Beamtin hatte die Sprühflasche noch in der Hand und richtete sie wie eine Pistole auf Xenia. „Was kann ich für sie tun?"

„Ich habe alle Angaben schon unten am Monitor gemacht. Ich brauche 300.000 Punkte."

Nachwort

Liebe Leserinnen und Leser,

mit einem Hauch von Wehmut und großer Dankbarkeit wende ich mich an dich in diesem Nachwort zu meiner Kurzgeschichtensammlung. Die Kurzgeschichte ist eine wunderbare Kunstform, die es Autoren ermöglicht, in kurzer Zeit eine ganze Welt zu erschaffen und den Leser in ihren Bann zu ziehen. Es war mein Ziel, dir Momente der Entspannung, anderen Sichtweisen, des Entertainments und der Inspiration zu schenken. Vielleicht hast du in diesen Seiten eine Auszeit vom Alltag gefunden, dich in eine andere Welt hineinversetzt gefühlt oder die Charaktere und ihre Herausforderungen als Spiegel deiner eigenen Erlebnisse wahrgenommen.

Ich möchte mich bei dir bedanken, dass du den Figuren deine kostbare Zeit geschenkt und diese Geschichten mit offenen Herzen und neugierigem Geist gelesen hast. Es ist das größte Geschenk für jeden Autor, wenn seine Geschichten bei den Lesern Anklang finden und Emotionen wecken.

Danke, dass du uns begleitet hast auf dieser Reise durch 14 faszinierende Kurzgeschichten. Mögen die Erinnerungen an die Protagonisten und ihre Abenteuer noch lange in deinen Gedanken lebendig bleiben.

In Vorfreude auf weitere literarische Begegnungen verbleibe ich mit herzlichen Grüßen,

Astrid F. Schneider

Wenn du diese Geschichten magst, folge mir auf
Social Media: Instagram, Facebook, Pinterest, Telegram
und TikTok oder trage dich auf meine Mailingliste ein.

www.lifebalanceliving.de

Vorschau Liebeslabyrinth

Band 2

Wenn dir diese Geschichten gefallen haben, möchtest du vielleicht wissen, wie es mit Mark und Carlotta weitergeht in „Vernetzt Teil 2", oder du hast Interesse an persönlicher Weiterentwicklung dann könnte dir „Schönheit im Auge des Betrachters" gefallen und Sannes Wandlung würde dich sicherlich überraschen. Natürlich kommt die Liebe auch nicht zu kurz und spielt auf Mallorca, im malerischen Dorf Valldemossa. Darf es ein bisschen Nervenkitzel sein? Auch das wirst du in Band 2 entdecken ...

Die Autorin

Astrid F. Schneider wurde 1968 in Heide, Schleswig-Holstein, geboren. Nach dem Abitur studierte sie in Paris Französisch und Modedesign. 1993 wanderte sie in die USA aus, machte sich mit ihrem Mann selbstständig und gründete eine Familie. Sie entwarf Kollektionen und schrieb „blumige" Katalogtexte, wie damals in den USA so üblich. Im Jahr 2009 zog die Familie nach Deutschland zurück, um mit einem größeren Unternehmen zu fusionieren, was zu einem Bruch führte, Trauma, Tränen und Frust verursachte. Halt fand sie in der Ausbildung zur Heilpraktikerin für Psychotherapie. In ihrer Praxis half sie vielen Menschen wieder ins Gleichgewicht zu kommen.

Heute lebt und schreibt die digitale Nomadin in Norddeutschland, auf Alonissos und in Soller.

Auf ihrer Webseite www.lifebalanceliving.de findet sich ihr Life Balance Living Blog, Geschichten und Meditationen.

Der Verlag

*Wer aufhört
besser zu werden,
hat aufgehört
gut zu sein!*

Basierend auf diesem Motto ist es dem novum Verlag
ein Anliegen, neue Manuskripte aufzuspüren, zu ver-
öffentlichen und deren Autoren langfristig zu fördern.
Mittlerweile gilt der 1997 gegründete und mehrfach
prämierte Verlag als Spezialist für Neuautoren in
Deutschland, Österreich und der Schweiz.

**Für jedes neue Manuskript wird innerhalb we-
niger Wochen eine kostenfreie, unverbindliche
Lektorats-Prüfung erstellt.**

Weitere Informationen zum Verlag und
seinen Büchern finden Sie im Internet unter:

w w w . n o v u m v e r l a g . c o m